한시에 마음을 베이다

고희(古稀)를 맞이하신 어머니 권장연(權場蓮) 님께
사모하는 마음을 담아 이 책을 드립니다.

한시에 마음을 베이다

초판 1쇄 발행 2015년 9월 15일
초판 2쇄 발행 2016년 5월 16일

지은이 김재욱
펴낸이 변선욱
펴낸곳 왕의서재
마케팅 변창욱
디자인 꼼지락

출판등록 2008년 7월 25일 제313-2008-120호
주소 서울특별시 강서구 등촌동 631번지(양천로 564) 등촌두산위브센티움 314호
전화 02-3142-8004
팩스 02-3142-8011
이메일 latentman75@gmail.com
블로그 blog.naver.com/kinglib

ISBN 979-11-86615-04-1 03810

책값은 표지 뒤쪽에 있습니다.
파본은 구입하신 서점에서 교환해드립니다.

한국출판문화산업진흥원 2015년 우수출판콘텐츠 제작 지원 사업 선정작입니다.

한시에 마음을 베이다

詩

김재욱 지음

들어가는 말

옛사람과의 공감, 기쁨과 정화의 향연

한시는 주로 신분이 높은 사람들이 창작한 옛날 노래다. 살아 내기에 급급했던 민중은 한시를 짓기가 어려웠다. 원래는 현재의 대중가요와 같은 민간가요에서 출발했으나 시간이 흐르면서 창작계층이 상류층으로 제한되었다. 이래서 민중의 삶은 시인들에게 읊조림의 대상이 되는 경우가 많았다. 그러나 이와 같은 한계를 지니고 있음에도 한시는 옛사람들과 오늘을 사는 우리를 정서적으로 연결해주는 문학 장르로 꾸준히 사랑받고 있다. 한시에는 과거의 다채로운 모습, 다양한 감정이 살아 움직이고 있기 때문이다.

현재와는 분명히 구별되는 점이 있으나, 희로애락의 감정 자체에 큰 변화가 있는 것은 아니므로 오늘 우리에게도 옛사람의 시를 읽으면서 그들이 지닌 정서와 많은 부분 일치하는 점을 발견하게 된다. 기쁜 일에 기뻐하고 슬픈 일에 슬퍼하는 마음에 현재냐 과거냐는 문제가 될 수 없다. 한시에는 옛사람과 내가 시대를 넘어 공감하도록 이끌어 주는 힘이 있다.

이 책에는 사랑·사람·역사·영물·자연·죽음·친구 이렇게 7

가지 주제 안에 각각 여섯 수에서 여덟 수의 한시가 실려 있다. 모두 50꼭지에 마흔다섯 명의 작가가 등장한다.(이백, 두목, 김창협, 정온, 이행의 작품이 두 수씩 실려 있다) 중국 작가로는 당나라의 이백(李白), 왕유(王維), 두목(杜牧), 송(宋)나라 성리학의 집대성자 주희(朱熹), 후대의 매화시(梅花詩) 작가들에게 큰 영향을 준 임포(林逋), 강서시파(江西詩派)를 대표하는 작가인 진사도(陳師道) 등이 있다. 우리나라 작가로는 신라의 최치원(崔致遠), 고려의 대문호인 이규보(李奎報), 이색(李穡)을 비롯하여 조선 후기 문장의 쌍벽을 이루는 박지원(朴趾源), 김창협(金昌協), 사실적인 사회시로 주목받은 권필(權韠), 경술국치(庚戌國恥) 때 목숨을 끊은 황현(黃玹) 등이 있다. 이들은 한시 전공자는 물론, 일반에게까지 잘 알려진 작가들이다.

이 책에 수록된 작품은 당대 또는 후대 작가들에게 널리 읽힌 것들이다. '춘래불사춘(春來不似春)'으로 유명한 동방규의 「소군원(昭君怨)」, '권토중래(捲土重來)'가 나오는 두목의 「제오강정(題烏

江亭)」, 작품의 내용 모두가 후대 작가들의 인용 대상이 되었던 임포의 「산원소매(山園小梅)」, 성리학자의 실생활에까지 영향을 준 주희의 「관서유감(觀書有感)」, 『춘향전』에 '행인임발우개봉(行人臨發又開封)' 한 구절이 소개된 장적의 「추사(秋思)」, 폭포의 장관을 표현할 때 빠지지 않는 이백의 「망여산폭포(望廬山瀑布)」, 고관대작들의 허위의식을 정면으로 질책한 권필의 「충주석(忠州石)」 등이 대표적인 예다. 그 밖의 작품 역시 이들에 비해 절대 뒤지지 않을 만큼 작품성이 있고 지명도가 높다.

한편 한시는 전공자가 아니면 쉽게 읽어 내기 어렵다. 전공자라고 해도 정확하게 읽기 쉽지 않다. 옛날 사람이 아니니 우선 그들의 삶과 사유방식을 짐작하기 쉽지 않은 데다가 풀어써 놓아도 읽기 어려운 한문을 함축까지 해 놓았기 때문이다. 그 안에 전고(典故)라고 불리는 각종 옛날이야기도 곳곳에 숨어 있다. 그뿐만 아니다. 주석가에 따라 같은 구절을 다르게 해석하기도 한다. 작품의 양 역시 헤아리기 어려울 만큼 많다. 사정이 이러하니 비전공자에게 한

시는 더욱 어렵게 느껴진다.

이래서 우선 한시 구절을 쉽게 풀이하는 데 힘을 기울였다. 필요에 따라 단어를 설명하거나, 시의 창작배경, 작자 소개를 해 놓기도 했다. 이때 자구(字句)의 풀이와 구절의 해석에만 집중할 경우 이 책은 한시교재가 되어 버릴 것이므로, 시의 앞뒤에 재미있는 이야기나 나의 평설을 자유롭게 써서 독자가 지루함을 느끼지 않고 편하게 읽을 수 있도록 하려고 노력했다.

한시의 번역은 되도록 직역에 가깝도록 해서 한문과 우리말의 간격을 좁히고자 했다. 이 책은 분명 한시 교재가 아니지만, 독자들이 번역과 한문을 놓고 보면서 풀이과정을 짐작해 보는 것에도 나름대로 의미가 있다고 여겼기 때문이다. 그렇다고 해서 억지로 풀이하려고 노력할 필요는 없다. 얼핏 살펴보아서 대강의 뜻을 파악하는 정도만 되어도, 아니 '이런 시가, 이런 말이 있었구나'고 아는 것만으로도 이 책을 읽은 보람이 적지 않을 것이다. 본문 중에 조금은 생소하고 어려운 말이 나오더라도 '공부'하려 하지 말고, 가볍게 넘어가 주시기 부탁한다.

번역이 있는 작품의 경우 한국고전번역원의 '한국고전종합DB'를 참고하면서 번역했다. 이 지면을 빌어 한국고전번역원의 번역가 선생님들께 깊은 감사의 말씀을 드린다. 원문을 놓고 사전을 찾아가며 풀이를 했지만, 막히는 부분이 적지 않았다. 그럴 때마다 자상한 가르침을 아끼지 않으신 고려대학교 한자한문연구소 고전번역실의 강여진·최병준·김광태 선생님께 진심으로 감사드린다. 시의 해석은 물론 글쓰기에도 많은 도움을 주신 동 연구소 서정화 박사께도 고마운 마음을 전한다.

나의 공부와 삶의 방향을 제시해 주신 박성규 선생님, 배상현 선생님, 법일(法日) 스님의 은혜는 늘 마음속에 새기며 산다. 부족함이 많은 연구자이며, 작가인 나를 항상 일깨우고 격려해 주는 고려대학교 한문학과 송혁기 교수의 은혜도 잊을 수 없다. 좋은 작품을 소개해주고, 조언을 아끼지 않은 성균관대학교 한문학과 김용태 교수께도 감사드린다. 비전공자임에도 나의 모든 글을 꼼꼼히 읽고 의견을 냄은 물론, 글쓰기에 좋은 환경을 만들어 준 아내 박소영, 지금껏 뒷바라지해 주고 계신 부모님께는 늘 고맙고 죄송한 마음뿐이다.

좋은 선생님들께 배워가며 글을 썼지만, 그 과정에서 뜻밖의 오류가 생겼을 지도 모를 일이다. 그 책임은 전적으로 나에게 있다. 잘못된 내용을 발견하여 바로잡아 주신다면 반드시 고쳐서 같은 실수를 반복하지 않으려 한다. 독자 여러분의 가르침을 기다린다.

2015년 어느 봄날, 해 드는 마루에서

김재욱 씀

차례

世 사회

史 역사

物 영물

然 자연

死 죽음

親 친구

사랑

낮은 담장 가에 머물렀던 발자국 찍혀 있네

조선 시대는 연애가 허용되지 않았고, 남녀 간에 말 한마디도 섞으면 안 되던 때였다. 지금까지도 그런 풍습이 남아서 나이 지긋한 어른들은 스스럼없이 말을 주고받거나 스킨십을 나누는 젊은이들을 못마땅한 눈으로 보기도 한다. 요즘엔 길을 가다 마음에 드는 사람을 보면 다가가서 말을 붙이거나 과감하게 전화번호를 달라고 요구하기도 한다. 이처럼 풍속은 옛날과 지금이 다르지만, 남녀가 서로를 좋아하는 감정은 예나 지금이나 마찬가지일 것이다.

비단 버선, 물위를 걷듯 가벼이 가더니
한 번 중문(重文)에 들어가선 종적 묘연해졌다.
다정하여라, 잔설이 남아 있어
낮은 담장 가에 머물렀던 발자국 찍혀 있네.

凌波羅襪去翩翩 능파라말거편편　一入重門便杳然 일입중문변묘연

惟有多情殘雪在 유유다정잔설재　屐痕留印短墻邊 극흔류인단장변

_朝鮮조선 姜世晃강세황,1713–1791, '路上所見노상소견, 길에서 만난 여인'

● 시, 글씨, 그림 세 가지에 모두 능했던 표암(豹菴) 강세황의 작품이다. 강세황은 66세에 처음으로 관직에 나갔다. 벼슬을 해야 인정을 받던 시절에 66세까지 백수생활을 했으니 그전까진 무척 불우했다고 할 수 있겠다. 그러나 이 사람은 그 불우함을 예술로 승화시켰다. 시를 잘 지었고, 글씨에도 일가견이 있었다. 그중에서도 그림에 매우 뛰어난 인물로 알려져 있다. 우리는 보통 조선 시대를 대표하는 화가로 김홍도나 신윤복을 떠올린다. 김홍도에게 그림을 가르친 사람이 바로 강세황이다.

반드시 그림에 뛰어나서 그러하진 않겠지만, 이 시를 읽고 있으면 마치 한 폭의 그림을 보는듯한 기분이 든다. 1구의 '능파(凌波)'는 물 위를 걷는 것처럼 경쾌한 걸음걸이를 뜻한다. 미인의 가벼운 발걸음을 뜻하기도 한다. '편편(翩翩)'은 날아가는 모양인데 누가 자신의 뒤를 밟는 걸 느꼈기 때문인지 시에 등장하는 여인은 이처럼 가볍고 빨리 걷는다. 물론 강세황이 이 여인을 보고 한눈에 반해서 뒤를 따라가는 중이다. 그러나 때가 어느 때이던가. 남녀가 유별한 시기에 더구나 여자는 숨도 제대로 쉬지 못하던 조선 시대다.

여인은 자신을 따라오는 남자가 있다는 걸 알면서도 뒤도 돌아보지 않고 집으로 들어가 버린다. 2구의 중문(重門)은 대문을 지나자마자 있는 문을 뜻한다. '一入重門便杳然(일입중문변묘연)', 여인은 '한 번' 문으로 들어가서는 종적도 없이 사라져 버린다. 자신의 집인데 한 번만 드나들었을 리가 없다. 여기에서 '한 번'은 강세황이 이 여인을 볼 수 기회가 한 번뿐이었고, 다시는 이 여인을 만날 수 없다는 뜻으로 이해하면 되겠다. 더구나 그 여인이 들어선 곳은 두 겹이나 되는 문이다. 더더욱 만나기 어렵다는 뜻이리라.

낙심한 강세황은 단념하고 돌아갈까 했지만, 미련을 버리지 못하고 집 주변을 서성거린다. 4구 '屐痕留印短墻邊(극흔류인단장변)', '낮은 담장 가에 머물렀던 발자국 흔적'은 그 여인의 것임을 알려주지만, 동시에 강세황이 비교적 오랜 시간 그 집 주변을 배회했음을 알려 주기도 한다. 또 하나, 그 여인은 이미 강세황이 자신을 따라오고 있다는 것을 알고 있었으며, 자신 역시 그 남자를 보고 싶었지만 그러지 못하고 도망치듯 집으로 들어가서는 몰래 담으로 나와 강세황을 지켜보고 있었다는 사실을 알려주고 있다. 강세황은 3구와 4구, 단 두 줄로 이 모든 것을 설명했다. 무척이나 절묘하다.

이 시는 제목에 보이는 것처럼 '길에서 만난 여인'이다. 둘은 우연히 만난 것이다. 이래서 둘 사이엔 연인이 느끼는 애틋한 감정이 드러나지 않고 있다. 다만 이성 간에 느끼는 신선한 호감이 잘 나타나 있다고 하겠다. 3구의 '잔설(殘雪)'은 이때가 겨울임을 알려 주는 시어다. 동시에 독자에게 추위를 느끼게 하는 것이 아니라 오히려 청량한 느낌을 준다.

좋아하는 감정을 솔직하게 표현하지 못하던 시대의 작품이지만, 운치가 있다. 요즘엔 좋으면 좋다고 말하는 경우가 많은데 그 또한 나름대로 멋이 있다고 하겠다. 다만 서로의 감정을 아끼면서 오랜 시간 지켜보는 것도 나쁘진 않을 것 같다.

우리 마음속엔 몇 사람이 얼마큼의 시간 동안 '머물렀던 흔적'을 남겨 놓았을까.

달빛 비치는 배꽃 보며
눈물 흘린다

'여자가 남자를 더 좋아하면 깨진다'는 말이 있다. 여자가 남자한테 좋아한다고 고백하면 남자는 그 순간부터 여자를 '잡은 물고기'로 여기면서 연애의 주도권을 잡는다고 한다. 남자가 여자한테 먼저 고백을 하는 것이 일반적이다. 그렇다고 여자가 주도권을 쥐지도 못한다. 결국, 저 말에는 고백은 남자가 먼저 해야 하며, 여자는 다소곳이 있어야 한다는 생각이 담겨 있는 것이다. 여자는 얌전해야 한다는 관념이 우리 머릿속에 자리 잡은 지 오래됐다. 예전과 많이 달라졌다고는 하지만, 여전히 여자가 남자한테 고백하는 일은 흔하지 않다. 하물며 여자가 제대로 대접받지 못했던 옛날에는? 어땠을지 쉽게 짐작할 수 있겠다.

열다섯 살 월계의 아가씨
남부끄러워 말도 없이 헤어져
돌아와선 겹문을 닫고
달빛 비치는 배꽃 보며 눈물 흘린다.

十五越溪女 십오월계녀　羞人無語別 수인무어별
歸來掩重門 귀래엄중문　泣向梨花月 읍향이화월

_朝鮮조선 林悌임제, 1549-1587, '無語別무어별, 말없이 헤어지고,
『白湖集백호집』 권 1

● '월계(越溪)', '월나라의 시냇가'다. 이곳은 중국 춘추시대 월나라의 유명한 미인 서시(西施)가 살았던 곳이라고 한다. 시에 등장하는 아가씨는 이래서 미인이었을 것이라고 짐작할 수 있다. 이 아가씨는 어느 곳에서 마음에 두고 있는 남자를 만났다. 둘은 함께 있었는데 '남들 눈에 띄자 부끄러워서 이별의 인사도 못하고(羞人無語別(수인무어별))' 급하게 집으로 돌아올 수밖에 없었다. 이별의 인사란 '잘 가요'가 아니라 '어느 때 다시 만나요'가 되어야 할 것이다. 이 말을 하지 못하고 왔으니 다시 만날 기약이 없고, 이 때문에 마음이 아프다. '중문(重門)'은 대문 안에 있는 문이다. 이 문은 실제 문이기도 하지만, 그만큼 의사표현을 하지 못하고 갇혀 사는

여자의 처지를 상징적으로 보여주는 소재이기도 하다. 게다가 다른 일도 아닌 금기로 간주하는 '연애' 이야기는 더더욱 할 수 없다. 이 아가씨는 사람한테 자신의 마음을 토로할 수 없다.

4구의 '이화(梨花)', 즉 배꽃은 흰색이다. 그 배꽃에 달빛이 비치니 더욱 밝게 보인다. 이 배꽃은 아가씨의 순수한 마음을 보여주는 소재면서 이때가 봄이라는 사실을 알려주고 있기도 하다. 화창한 봄과 희게 빛나는 배꽃이 역설적이게도 이 아가씨의 슬픔을 부각하는 효과를 내고 있다. 이 시는 사방이 막혀 있던 봉건시대 여자의 처지와 연인을 그리워하는 마음을 훌륭하게 그려낸 작품으로 높이 평가받고 있다.

조선의 문인 백호(白湖) 임제(林悌)가 시를 썼다. 임제는 의협심이 있었고, 무언가에 얽매이는 것을 싫어했다고 한다. 자신보다 30여 년 앞서 죽은 황진이(黃眞伊)의 무덤에 가서 남긴 시조는 지금도 많은 이들에게 회자하고 있다.

> 청초 욱어진 골에 자난다 누웠난다.
> 홍안은 어디 두고 백골만 묻혔나니
> 잔 잡아 권할 이 없으니 그를 설워하노라.

사대부 신분으로 기생의 무덤에 술을 올리는 것만 봐도 임제의 성격이 얼마나 자유분방했는지 알 수 있다. 이래서 임제의 시는 '호방하다'는 평을 받는다. 그러나 임제는 이런 작품 이외에도 위의 시 「무어별(無語別)」처럼 여성의 섬세한 감정을 묘사하는 작품도 다수 남겨놓았다. 「무어별」은 임제가 남긴 애정 시 중에서 일반에게 가장 널리 알려진 작품이다.

알다시피 임제는 조선 사람으로 당시 자신이 살던 조선 여인의 정서를 표현했을 것이다. 그런데 이 시에 등장하는 여자는 조선이 아니라 중국 월나라 사람이다. '월계'를 '미인이 사는 곳'의 대명사로 여겨서 그랬던 것일까. 그보다는 임제가 살았던 16세기 후반 문인들의 창작경향에서 이 답을 찾아야 한다. 이 시기 시인 중에는 중국의 당시(唐詩)를 창작의 모범으로 삼아야 하며, 사람의 감정을 진솔하게 드러내는 작품을 써야 한다고 생각하는 사람들이 많았다. 임제도 이런 경향에서 자유로울 수는 없었다. 「무어별」은 당시를 모범으로 삼아 지은 작품이라 할 수 있겠다.

그렇다고 해서 이 작품을 두고 격이 떨어진다고 쉽게 말할 수는 없다. 좋아하는 사람에게 말 한마디 못하고 헤어져서는 그리움에 눈물지을 때의 그 심정을 훌륭하게 그려냈기 때문이다. 지금 누구를 그리워하며 혼자 마음 아파하는 누군가가 이 시를 읽는다면 '딱 내 이야기네'라고 할지도 모를 일이다.

서로 만나면
서로 잃을까 염려하여

교복을 입은 남학생과 여학생이 손을 잡고 나란히 걷는다. 둘이 걷는 길 위엔 노란 은행잎이 날리고 있다. 이 모습을 본 아내가 한마디 한다.

"참 보기 좋네. 그런데 재가 내 자식이면 화날 거야. 아마."
"하하, 그런가? 젊은 아이들이 같이 있는 것만 봐도 좋은데? 풍경도 좋고……."
"하기야. 저렇게 손잡고 다니면서도 얼마나 설레겠어."

아름다운 물가엔 꽃이 다투어 피었고
맑은 연못엔 물이 이리저리 흐르는데
서로 만나면 서로 잃을까 염려하여

목란나무 배를 나란히 붙여 다닌다.

玉溆花爭發 옥서화쟁발　金塘水亂流 금당수난류

相逢畏相失 상봉외상실　并着木蘭舟 병착목란주

_唐당 崔國輔최국보, 생몰년미상, '采蓮채련, 연을 따며',
『全唐詩전당시』 권 119

● 창작에서 옛것을 본뜨는 것을 '의고(擬古)'라 한다. 위의 작품 「채련」은 한(漢)나라 악부시(樂府詩)의 내용을 의고한 것이다. 악부는 한나라 때 음악을 관장하던 부서 이름이다. 악부에서는 민간의 가요를 채집해서 민심의 동향을 파악했다. 그러니까 악부시는 시라기보다는 노래 가사인 셈이다. 「채련」은 민간의 가요였는데 후대의 작가들이 이를 시의 형식으로 바꿔서 지었다는 말이다.

중국의 강남(장강 이남 지역)에선 연의 채취를 생업으로 삼는 사람들이 많았다. 옛날 우리나라 여자들이 누에 치는 일을 생업으로 삼았던 것과 마찬가지다. 「채련」은 연을 채취하면서 부르던 일종의 노동요에서 출발했지만, 이후 그 안에 남녀 간의 연정을 주제로 한 작품이 주로 창작되었다. 연을 채취하는 일은 하나의 상징으로 남았다. 한편 우리나라 작가들도 「채련」을 지었는데 주로 당나라의 작품을 의고했다.

'아름다운 물가엔 꽃이 다투어 피었고, 맑은 연못엔 물이 이리저리 흐르는데(玉漵花爭發(옥서화쟁발), 金塘水亂流(금당수난류)', 풍경을 그려냈으면서도 이처럼 남녀 간에 느끼는 감정은 아름답고 자유롭다는 의미를 담고 있다. '옥(玉)'과 '금(金)'은 이 풍경을 아름답게 꾸며주는 시어라 할 수 있다. '쟁(爭)'과 '란(亂)'에는 청춘 남녀의 자유로움이 깃들어 있다.

우연히 만났는지, 약속하고 만났는지는 알 수 없지만, 배를 타고 가던 남녀는 눈이 맞았다. 둘이서 무슨 말을 나누는지 알 수는 없다. 이때 독자는 떠오르는 대로 느끼면 그만이다. 이 작품을 쓴 최국보는 둘 사이에 흐르는 감정을 '애틋함'으로 본 것 같다. '서로 만나면 서로 잃을까 염려하여(相逢畏相失(상봉외상실))', 당장 만난 건 좋은데 언젠간 찾아올 헤어짐을 미리 걱정하는 것이다. 이래서 둘은 배를 '나란히 붙여서(并着(병착)' 다닌다.

마지막 구의 '목란나무로 만든 배'가 눈에 들어온다. 목란(木蘭)은 향나무의 일종인데 중국의 강남 지역에서 흔히 볼 수 있다고 한다. 이 시를 처음 보는 우리는 목란나무를 배워야 할 단어로 받아들이지만, 배경을 알고 있는 사람들은 '그렇지'라고 할 수도 있겠다. 시의 내용이 그만큼 쉽고 친근하다는 뜻이다.

다시 교복을 입은 두 학생이 걷는 길로 돌아온다. 둘은 서로 만나면 서로 잃어버릴까 염려해서 그렇게 손을 꼭 잡고 걷는 것일까. 같은 그림을 보는데 아내는 '설렘'을 느꼈고, 나는 그저 '보기 좋네'하고 생각했다. 최국보는 이 풍경 속에 애틋함을 담아냈다. 꼬장꼬장한 어른들은 이 모양을 보면서 '어린 것들이 부끄러움도 모른다'고 할지 모를 일이다.

손을 잡고 걷는 어린 남녀를 보면서 '공부', '일탈'을 먼저 떠올리는 사람들이 예나 지금이나 참 많다. 각박한 세상에 산다지만 반드시 그래야 할 필요는 없을 것 같다. 내 딸이 어떤 남학생과 손을 꼭 잡고 나란히 걷는 걸 본다면 모른척하며 슬쩍 피해줘야겠다. 만남과 헤어짐, 설렘과 애틋함은 그들만의 것이니까.

촛불에도 마음 있어 이별을 아쉬워하여

지나치게 슬프면 오히려 눈물이 나오지 않는다고 한다. 슬픔의 무게에 눌려서 눈물을 흘릴 수가 없다. 뭐라고 한마디 말을 해야겠는데 말도 나오지 않는다. '회자정리(會者定離)'가 인생의 진리라지만, 그래도 이별은 슬프다. 그 대상이 사랑하는 사람이며, 더구나 헤어지려는 마음이 있는 것도 아닌데 헤어져야 하는 상황이라면 그 슬픔은 배가 될 것임이 틀림없다.

다정했던 사람이 도리어 통 무정한 듯하니
술잔을 앞에 두고도 웃음 짓지 못하네.
촛불에도 마음 있어 이별을 아쉬워하여
사람 대신 날 밝을 때까지 눈물 흘리는구나.

多情却似總無情 다정각사총무정　唯覺樽前笑不成 유각준전소불성

蠟燭有心還惜別 납촉유심환석별　替人垂淚到天明 체인수루도천명

_唐당 杜牧두목, 803–852, '贈別 二首之二증별 이수지이, 헤어질 즈음에 2수 중 두 번째', 『全唐詩전당시』 권 523

두목은 당나라 말기의 대표적인 시인 중 한 사람이다. 이 시기를 '만당(晚唐)'이라고 한다. 후대의 비평가들은 두목의 시를 두고 호방하면서도 질탕하며 아름답다고 한다. 남녀 간의 애정을 섬세하게 표현했다는 평을 받는다. 두목 자신이 유력한 집안 출신인데다가 풍류를 좋아해서 이것이 그대로 시로 나타났다고 하겠다. 위의 시는 '칠언절구(七言絶句)'인데 두목은 바로 이 칠언절구에 뛰어난 작가로 알려졌다. 이 시는 두목이 양주(揚州)에 있다가 수도인 장안(長安)으로 돌아가게 되었는데 여기에서 알게 된 기생과의 이별을 앞두고 쓴 것이다. 생략한 첫 번째 수에서는 기생의 아름다운 용모를 찬미했다. 두 번째 수로 접어들면서 본격적으로 자신의 감정을 드러내고 있다.

'다정했던 사람'을 두목이라 하기도 하고, 기생이라 하기도 한다. 나는 우선 두목으로 보고 이야기를 하겠다. 두목은 지금껏 이 기생을 깊이 사랑했다. 평소에 이 마음을 겉으로 드러냈을 것이다. '정이 많다'는 건 기생한테 많은 애정을 기울였다는 뜻으로 읽으면

되겠다. 그렇게 정을 쏟은 사람과 이별을 하려니 그 무게에 눌려 아무런 말도 못할 것 같다. 그저 멍하니 앉아 있으니 겉보기엔 무정한 사람처럼 보인다. 평소 같으면 술잔을 앞에 두고 도란도란 이야기를 나누며 즐겁게 보냈을 텐데 헤어질 생각을 하니 '술잔을 앞에 두고도 웃음 짓지 못하는(唯覺樽前笑不成(유각준전소불성))' 것이다.

자신의 감정을 사물에 집어넣어 쓰는 건 어찌 보면 흔한 일이다. 그럼에도 이 시의 3구는 무척 절묘하다. '촛불에도 마음 있어 이별을 아쉬워하여(蠟燭有心還惜別(납촉유심환석별))'라고 하여 촛불에 인격을 부여했기 때문이다. 이래서 후대의 비평가들은 '유심(有心, 마음이 있다)'이라고 쓴 걸 두고 절묘하다고 칭찬했다. '사람 대신 날 밝을 때까지 눈물 흘린다(替人垂淚到天明(체인수루도천명))', 초에서 흘러내리는 촛농을 이별을 아쉬워하는 눈물에 비유한 점이 눈길을 끈다. 초가 사람을 대신해서 눈물을 흘렸다고 했으니 이 둘은 밤새도록 아무 말도 못 한 채 아침을 맞이했음을 알겠다. 역시 이별의 무게에 눌린 것이다.

가끔 군에 입대하는 남자친구를 보내는 여학생을 볼 때가 있다. 요즘은 예전보다 남자건 여자건 애정표현을 거침없이 하는 편인 것 같다. 그래서인지 사람들의 눈을 의식하지 않고 포옹을 하거나 소리 내어 울기도 한다. 한편 다른 쪽에선 말없이 손만 잡고 있기도 한다. 겉으로 보이는 모습은 그다지 중요하지 않고, 그것이 모든 것을 대변해 주지도 않겠지만, 그래도 두 손 꼭 잡고 말없이 바라보는 장면이 더 애틋해 보인다. 나 역시 옛날 사람이어서 그런가? 알 수 없는 일이다.

오늘 밤엔
꽃이랑 주무세요

여자가 "오늘 나 어때?"라고 하면 남자는 당연히(?) "오늘따라 더 예뻐 보이네."라는 식으로 대답한다. 혹시라도 시큰둥한 반응을 보였다간 닥쳐올 후환이 두렵기 때문이다. 기대했던 대답이 나오지 않을 경우 많은 여자는 남자한테 삐친다. 물론 여자만 그러는 건 아니다. 남자도 내심 바라는 말을 듣지 못하면 삐친다. 겉으로 보이는 모양이 다를 뿐이다.

진주알 같은 이슬 머금은 모란을
미인이 꺾어선 창 앞을 지나면서
웃음 머금고 정인더러 묻는다.
"꽃이 나아요? 내 얼굴이 나아요?"
낭군은 일부러 놀려주려고

"꽃가지가 더 나은데?"
미인은 꽃을 던져 버리고
밟아 짓뭉개면서
"꽃이 나보다 낫다면
오늘 밤엔 꽃이랑 주무세요!"

牧丹含露眞珠顆 목단함로진주과　美人折得窓前過 미인절득창전과
含笑問檀郎 함소문단랑　花强妾貌强 화강첩모강
檀郎故相戱 단랑고상희　强道花枝好 강도화지호
美人拓花勝 미인척화승　踏破花枝道 답파화지도
花若勝於妾 화약승어첩　今宵花同宿 금소화동숙

_高麗 고려 李奎報 이규보, 1168-1241, '折花行 절화행, 꽃을 꺾어서',
『大東詩選 대동시선』

● 『동국이상국집(東國李相國集)』의 저자로 유명한 이규보의 작품이다. 이규보의 시는 동시대 다른 작가들의 작품에 비해 참신하다는 평이 있다. 이 참신한 내용을 '신의(新意)'라고 한다. '새로운 뜻'이라는 말이다. 사실 유명한 시인이라면 모두 작품 안에서 '신의'를 창출하기 위해 애쓰고, 실제 그런 작품도 많다. 그러나 신의라고 하면 곧바로 이규보를 말할 정도로 신의는 이규보 한시의

특징 중 하나다.

이 시 제목에 보이는 '행(行)'이라는 글자에 주목해 보자. 행은 악부시(樂府詩)에 뿌리를 두고 있는 형식이다. 악부는 원래 한(漢)나라의 관청이름이었다. 악부에서는 민간의 가요를 채집해서 민심의 동향을 파악했다. 이후 악부는 관청이름을 의미하는 것이 아니라 운문의 형식을 가리키는 말로 쓰이게 됐다. 행은 악부시의 형식 중 하나이며, 빠르게 막힘없이 서술해야 한다. 이러다 보니 제목에 행이 들어가 있는 작품은 짧게 압축하기보다는 장황하게 늘어놓은 경우가 많다. 위에 소개한 이규보의 작품은 행 체의 시치고는 짧은 편에 속한다.

이제 이 시를 읽어보자. '꽃이 나아요? 내 얼굴이 나아요?(花强妾貌强(화강첩모강))' 하고 애교를 부리는 여자와 그 질문에 일부러 '꽃가지가 더 나은데?(强道花枝好(강도화지호))' 하고 대답하면서 장난을 거는 장면은 지금 봐도 어색함 없이 친근하게 다가온다. 남자가 일부러 장난을 쳤다는 건 어떻게 알 수 있나. '檀郞故相戱(단랑고상희)'의 '고(故)'에 '짐짓', '고의로'라는 뜻이 있다. '단랑(檀郞)'은 '서방님', '사내'라는 뜻이다. 나는 둘의 사이를 부부로 보지 않고 그저 젊은 연인으로 보아서 단랑을 '정인(情人)'으로 풀이했다.

어쨌든 정인의 이런 마음을 아는지 모르는지 '미인은 꽃을 던져 버리고(美人拓花勝(미인척화승)), 밟아 짓뭉개(踏破花枝道(답파화지도))' 버리면서 심술을 부린다. 글만 읽어도 자연스럽게 그 장면이 그려진다. '오늘 밤엔 꽃이랑 주무세요!(今宵花同宿(금소화동숙))'라고 하면서 쏘아붙이는 마지막 이 한 줄은 무척 감각적이고 관능적이기도 하다는 생각이 든다.

이 시는 비교적 널리 알려진 작품이다. 이규보 작품을 소개할 때 거의 빠지지 않는 작품이다. 그런데 이 작품은 이규보의 문집인 『동국이상국집(東國李相國集)』에는 없고, 장지연이 엮은 『대동시선(大東詩選)』에 이규보의 작품으로 소개되어 있다. 이규보는 신의를 추구하는 시인이었으므로 이런 작품을 쓰고도 남을 사람이라고 이해하고 넘어간다.

장난을 걸었던 남자는 이 사랑스러운 여인을 어떻게 달랬을까. 예나 지금이나 삐친 여자 달래기는 정말 어렵다. 그나마 이건 원인이라도 있지. 갑자기 확 삐쳐선 '꼭 말을 해줘야 알아' 하거나 '자기는 왜 이렇게 내 맘을 몰라' 하면 정말 난감하다. 이유를 말해 주면 안 될까?

누군가에게 이끌려
비단 휘장으로 들어가겠지

요즘엔 여자도 배우자를 두고 다른 사람과 사귀는 일이 꽤 많다고 하지만, 옛날엔 여자로서 여러 남자를 만날 수 있는 사람은 기생밖에 없었다. 반면에 남자는 아내 외에도 첩을 뒀으며, 기생들과 자유로이 어울렸다. 옛사람들 문집을 읽다 보면 기생한테 주는 글을 어렵지 않게 볼 수 있다. 지금 같으면 머리채를 뽑혀도 시원찮을 일이건만 이런 일을 써서 당당히 자신의 문집에 남겨놓았다. 그땐 그랬다.

> 헤어질 때 띠를 풀어 옷 대신 남겨두어
> 한 아름 옥처럼 가는 허리에 매게 하였지만
> 그대는 단장하여 아름다움 더하고선
> 누군가에게 이끌려 비단 휘장으로 들어가겠지.

臨分解帶當留衣 임분해대당류의　敎束纖腰玉一圍 교속섬요옥일위
想得粧成增宛轉 상득장성증완전　被誰牽挽入羅幃 피수견만입라위

_朝鮮조선 宋寅송인, 1517-1584, '戱贈玉樓仙희증옥루선, 장난삼아 기생에게',
『頤庵遺稿이암유고』 권 2

● 이 시를 쓴 송인의 이력에 조금 특별한 데가 있다. 송인은 열 살의 어린 나이에 왕의 사위인 부마가 된 사람이다. 송인의 아내는 중종(中宗)의 셋째 딸 정순옹주(貞順翁主)다. 송인은 부마로서 순탄한 삶을 살았고, 당대의 명필로 이름을 날렸다.

'옥루선(玉樓仙)'은 '옥루에 사는 신선'이라고 풀이한다. 옥루는 천제(天帝)나 신선이 사는 궁전을 뜻하기도 하고, 기생집을 의미하기도 한다. 내용상 옥루에 사는 신선은 기생을 가리킨다고 보면 된다. 어쨌든 기생이 사는 곳은 일반인들이 사는 곳과는 다르게 아름답게 꾸며져 있으니 신선이 사는 곳에 빗댄 것이다.

제목에 '장난삼아'라는 말을 해 놨으니 이 시는 가볍게 읽으면 된다. '헤어질 때 띠를 풀어 옷 대신 남겨두어(臨分解帶當留衣(임분해대당류의))'라고 한 구절에 주목해 본다. 띠를 옷 대신 남겨둔다고 했으니 원래는 옷을 남겨두는 게 일반적이라는 의미를 담고 있다. 옛날 당나라의 유명한 문장가 한유(韓愈)는 친분이 있던 승려 태전(太顚)과 이별할 때 태전의 옷을 남겨두게 했다고 한다. 서

로 헤어질 때, 옷을 남겨두고 가는 건 이 일화에서 유래했다고 보면 되겠다.

기생이 나 이외의 다른 남자를 만나는 건 당연한 일이다. 시인은 그래도 내심 이 기생이 내 여자였으면 좋겠다고 생각한다. 그래서 이별의 증표로 자신이 차고 있던 허리띠를 기생한테 준다. 이걸 보면서 나를 떠올려달라는 말이겠다. 이걸로도 모자라 '한 아름 옥처럼 가는 허리에 매게(敎束纖腰玉一圍(교속섬요옥일위))' 했다. 떨어져 있더라도 떨어져 있다고 생각하지 말아 달라는 뜻이겠다.

그러나 이런 말을 하면서도 시인은 이미 자신의 바람은 바람일 뿐이라는 사실을 알고 있다. 내가 떠나고 나면 그 빈자리를 다른 남자가 채울 것이다. 기생집은 그런 곳이라서 그렇다. '누군가에게 이끌려 비단 휘장으로 들어가겠지.(被誰牽挽入羅幃(피수견만입라위))', 예쁘게 화장을 한 기생은 속이 비칠 듯 말 듯한 비단 휘장 너머로 다른 남자와 함께 걸어 들어간다. 분위기가 묘하다. 이때 시인의 감정을 무어라 말할 수 있을까. 질투심인가 체념인가.

이 시는 송인이 평양에 갔을 때 만난 기생과 작별하면서 썼다고 한다. 청주의 기생이라 하기도 한다. 한시 비평에 뛰어났던 허균(許筠)이 조선의 시를 뽑아서 엮은 『국조시산(國朝詩刪)』에는 이 시의 제목이 「서경증기(西京贈妓)」, '서경에서 기생한테 주다'로 되어 있고, 마지막 4구는 '被他牽挽入深幃(피타견만입심위)'로 되어 있다.

두 번째와 여섯 번째 글자가 송인의 문집과 다르다. '남에게 이끌려 깊은 휘장으로 들어가겠지'로 풀이된다.

옛날과는 많은 것이 달라진 지금, 독자에 따라 이 시를 불편하게 여길 수도 있겠다는 생각이 든다. 아내가 있는 남자가 다른 여자와 정을 나누는 것 자체를 용납하지 못하는 것이다. 나아가 이 작품의 바탕에 여자를 천시하는 생각이 깔렸다고 볼 수도 있겠다. 실은 지금도 이런가? 읽는 사람 마음대로 생각하면 되겠다. 다만 나는 '그땐 그랬지' 하면서 옛사람의 생활을 바라보는 것도 재미있지 않을까 생각해 본다. 이 시를 읽은 기생은 무슨 생각이 들었을까.

온 산에 달 밝은데 두견은 운다

춘향이는 이몽룡을 향한 일편단심을 버리지 않는다. 여러 남자를 상대해야 하는 기생이면서 일부종사(一夫從事)를 하겠다며 변학도와의 잠자리를 거절한다. 일부종사는 사대부 집안의 여인에게만 강조되는 덕목이었다. 그야말로 춘향이의 행동은 소설에서나 가능한 일이었던 것이다. 하기야 『춘향전』은 소설이 아니던가.

봄빛 나는 긴 둑엔 풀이 우거졌으니
옛 임 돌아오다 헤매진 않으실까.
그 옛날 함께 놀던 번화했던 곳
온 산에 달 밝은데 두견은 운다.

長堤春色草凄凄 장제춘색초처처 舊客還來思欲迷 구객환래사욕미

故國繁華同樂處 고국번화동락처　滿山明月杜鵑啼 만산명월두견제

_朝鮮조선 李梅窓이매창, 1513–1550, ‘春愁춘수, 봄날의 근심’

이매창은 황진이와 더불어 시를 잘 썼던 기생으로 알려졌다. 현재 58수가 남아 전해지고 있다. 이름은 계랑(桂娘)이고, 매창(梅窓)은 호다. 이매창은 부안의 이름난 기생이었는데 사대부인 유희경(劉希慶)과 깊은 정을 쌓았다. 그런데 유희경은 부안을 떠나 한양으로 가서 다시는 돌아오지 않았다. 기생의 신분으로 일부종사한다는 건 애당초 불가능한 일이었지만, 이매창은 유희경만을 마음에 품으리라 마음먹었다. 소설에서나 가능한 일을 실제로 하려했던 것이다.

이 시는 제목부터가 심상치 않다. 봄은 만물을 깨우는 희망의 계절인데 이 여인은 근심에 쌓여 있다. ‘봄빛 나는 긴 둑엔 풀이 우거진(長堤春色草凄凄(장제춘색초처처))’ 것은 봄날의 흔한 풍경일 뿐이다. 그러나 온 생각이 그 사람한테 가 있으므로 우거진 풀은 그저 임이 오시는 길을 막는 장애물이 될 뿐이다. ‘옛 임 돌아오다 헤매진 않으실까.(舊客還來思欲迷(구객환래사욕미))’, 단순해 보이는 표현이지만, 흔한 풍경을 자신의 심정과 연결하는 수법이 묘하다. 이 안에는 그 옛 임과 함께 보냈던 시간은 돌아오지 못할 추억이며, 다시 만날 수 없으리라는 체념이 서려 있기도 하다. ‘긴 둑’과

'옛 임'은 이매창이 보냈던 시간의 길이와 무관하지 않다.

'고국(故國)'은 '옛 나라'라는 뜻이다. 아주 오래전에 있었던 나라라는 뜻이지만, 이 시에서는 '나라'를 의미하는 것이 아니라 '오래된 장소'를 뜻한다. 고국이라는 말이 지니고 있는 고유의 이미지를 활용하여 자신과 임이 보냈던 시간과 공간을 아득한 옛 추억으로 느껴지도록 한 것이다. 그 시간에 비례해 그리움도 더 커졌으리라.

임과 함께 했기에 '번화(繁華)'했던 그곳은 임이 떠나자 여느 곳과 다름이 없는 공간이 되어 버렸다. '온 산에 달 밝은데 두견이 운다.(滿山明月杜鵑啼(만산명월두견제))', 자신의 처지는 슬피 우는 두견새와 같다. 두견은 한시에서 슬픔을 상징하는 소재로 등장한다. 주로 망한 나라를 떠올릴 때, 고향 생각에 젖을 때 두견을 등장시켰다. 이 시에서처럼 임을 그리워하는 마음을 표현할 때 두견을 소재로 하는 경우는 한시보다는 국문 시가에 자주 보인다. 전반적으로 이 시는 임을 그리워하는 마음을 구체적으로 표현하지 않으면서도 행간에 깊은 그리움을 담아내어 읽는 사람에게 큰 울림을 주는 작품이라 하겠다. 이매창이 지녔던 임을 향한 마음, 그리움의 깊이와 시간에 고개를 숙일 뿐이다.

이매창은 다시 유희경을 만나지 못했으며, 기생이었으므로 사대부의 술자리에 불려가기도 했다. 그럼에도 이매창은 기생의 삶을 거부하고자 했다. 이매창은 38세의 젊은 나이에 세상을 떠났다. 현실과 이상과의 충돌 때문에 괴로워서 그랬던 것일까 아니면 임을 향한 그리움이 병이 되어 그랬던 것일까.

이화우(梨花雨) 흩날릴 제 울며 잡고 이별한 임
추풍낙엽(秋風落葉)에 저도 나를 생각하는가
천리에 외로운 꿈만 오락가락 하여라

이불 속 눈물은 마치 얼음 밑의 물과 같아서

조선시대에 살았던 여자는 이래야 했다.

"부인은 경서(經書)와 역사서, 『논어(論語)』, 『시경(詩經)』, 『소학(小學)』, 여사서(女四書)를 대강 읽어서 그 뜻을 통하고, 여러 집안의 성씨, 조상의 계보, 역대의 나라 이름, 성현의 이름자 등을 알아둘 뿐이지 허랑하게 시를 지어 외간에 퍼뜨려서는 안 된다."

_이덕무(李德懋), 『청장관전서(靑莊館全書)』 30권, 「사소절(士小節)」

지금의 시각으로 보면 저 정도의 학식도 대단한 것이겠지만, 옛날엔 기본으로 생각했나 보다. 어쨌든 조선 시대의 부인들은 집안일에만 충실해야 했다. '남자만 가르칠 뿐 여자는 가르치지 않는다'는 말을 가훈으로 남긴 사람도 있었다. 이런 분위기에서 사대부 집안의 여자가 한시를 쓴다는 건 무척 어려운 일이었다. 이 와중에 허난설헌(許蘭雪軒)과 같은 뛰어난 여성작가도 있었지만, 그 재주는 오히려 남편에게 시기의 대상이 되었다. 결국, 허난설헌은 남편의 사랑을 받지 못하고 젊은 나이에 외롭게 세상을 떠났다.

허난설헌과 같은 시기에 살았던 이옥봉(李玉峯)이라는 여성 시인이 있다. 중고등학교 교과서에 한시가 수록되어 있어서 일반에게 비교적 널리 알려진 작가다. 이옥봉은 제 재주에 자부심이 있어서 아무한테나 시집가지 않겠다면서 당대의 뛰어난 선비 조원(趙媛)이라는 사람과 결혼하고 싶다고 했다고 한다. 그러나 이옥봉은 첩의 소생이라서 정실 부인이 될 수 없었다. 이옥봉의 아버지는 조원에게 딸을 첩으로 삼아달라고 했지만 거절당했다. 이 결혼을 성사시킨 사람은 뜻밖에 조원의 장인이었다고 한다. 참 신기한 일이다.

결혼하고 잘 살던 어느 날 이웃집 여자의 남편이 억울하게 소도둑으로 몰리는 일이 일어났다. 여자는 어디 가서 하소연할 데가 없자 이옥봉에게 도움을 청했고, 이옥봉은 그 여자를 대신해서 관가에 소장을 써 줬다. 그러고는 소장의 말미에 시 한 편을 붙여 놓았다.

> 대야를 거울삼아 세수를 하고
>
> 맹물을 머릿기름삼아 빗질합니다.

저는 직녀가 아닌데

제 남편이 어찌 견우이겠습니까?

洗面盆爲鏡 세면분위경　梳頭水作油 소두수작유

妾身非織女 첩신비직녀　郎豈是牽牛 랑기시견우

_朝鮮조선 李玉峯이옥봉, 생몰년미상,

'爲人訟寃위인송원, 남을 위해 억울함을 하소연하며'

'대야를 거울삼아 세수를 하고, 맹물을 머릿기름 삼아 빗질합니다.(洗面盆爲鏡(세면분위경), 梳頭水作油(소두수작유))'는 말은 '저는 검소하게 사는 평범한 여자'라는 뜻이다. 이어지는 두 구는 위의 말과 연결이 되지 않는다. '저는 평범한 여자일 뿐 직녀가 아닙니다. 그러니 제 남편이 견우일 리가 없습니다'는 참 뜬금없어 보인다. 그래서 어쩌라고? '견우(牽牛)'는 '소를 끌고 간다'는 뜻이다. 동시에 '견우와 직녀' 이야기가 떠오른다. 이옥봉은 이 뜻에 주목해서 '남편은 소를 훔치지 않았다'는 말을 저렇게 표현했다. 어딘가 부족해 보이기는 하면서도 '아 그렇겠네' 하는 생각이 들도록 했다. 이렇게 해서 이웃집 남자는 풀려났다.

그러나 이옥봉은 이 일 때문에 남편한테 소박을 맞았다. 여자가 시를 짓는 것도 죄가 되는데 더 나아가 나랏일에까지 간여했기 때문이다. 이때부터 이옥봉의 인생은 꼬이기 시작했다. 이 일이 있기 전까지 둘의 사이는 좋았으므로 이옥봉은 여전히 조원을 사랑했다. 이옥봉은 쫓겨난 뒤에도 여러 차례 조원한테 시를 써 보내며 용서를 빌었지만, 매정한 조원은 다시 이옥봉을 불러들이지 않았다. 이옥봉은 죽을 때까지 조원을 그리워했다. 임진왜란 중에 일본군의 손에 죽었다고 전해진다.

이옥봉의 시는 남편 조원의 문집인 『가림세고(嘉林世稿)』에 부록으로 붙어있다. 쫓겨난 여자의 시를 문집에 싣는다? 상식적으로 이해가 되지 않는다. 이래서 이옥봉에 얽힌 이런저런 이야기는 믿을 수 없다고 하는 연구자도 있다. 다만 이옥봉이 임진왜란 중에 죽었다는 사실만은 정설로 인정되고 있다.

평생의 이별의 한, 병이 되어서
술로 고칠 수 없고 약으로도 다스릴 수 없네.
이불 속 눈물은 마치 얼음 밑의 물과 같아서
밤낮으로 길게 흘러도 사람들은 모를 거야.

平生離恨成身病 평생리한성신병　酒不能療藥不治 주불능료약불치
衾裏淚如氷下水 금리루여빙하수　日夜長流人不知 일야장류인부지

_ '閨恨 규한, 규방의 한'

● '평생의 이별의 한, 병이 되어서(平生離恨成身病(평생리한성신병))', 오랜 기간 쌓인 한은 한으로 머물지 않고 몸의 병이 되어 버렸다. 몸과 마음의 병을 이겨내 보려고 별짓을 다 해 보지만 아무런 소용이 없다. 이 병을 치료할 수 있는 약은 오직 임뿐이다.

'이불 속 눈물은 마치 얼음 밑의 물과 같아서(衾裏淚如氷下水(금리루여빙하수))', 정말 멋진 표현이다. '빙(氷)'에선 이젠 식다 못해 얼음처럼 차가워진 임의 마음이 느껴지기도 한다. 이불 속에서 흘리는 눈물과 얼음장 밑으로 흐르는 물은 남들이 볼 수가 없다. 그만큼 자신은 철저히 외롭다는 뜻이겠다. 내 마음을 아는 사람은 나일 뿐이다.

소박을 맞은 일이 사실이든 아니든 이옥봉은 조원과 헤어져 산 기간이 길었고, 평생토록 조원을 그리워하다가 전쟁 통에 혼자 죽었다. 기구한 삶이라 하지 않을 수 없다. 첩의 소생이라는 이유만으로 첩이 되었고, 뛰어난 재주를 지녔음에도 그 재주를 맘껏 펼치지 못하고 억눌려 살았던 이옥봉의 처지, 나아가 동시대에 있었을지도 모를 수많은 '이옥봉'들의 삶, 지금까지 끊어지지 않고 있는 '딸 공부시켜 봐야 소용없다'는 수많은 '엄마'들의 사고방식을 생각하니 답답한 마음을 금하기 어렵다. 동시에 한 남자만을 바라보는 그 마음도 지금까지 이어지고 있다고 생각하니 문득 '나도 그 옛날 남자들의 마음을 지니고 살고 있지는 않은가' 하고 돌아보게 된다. 아내한테 이제야 미안한 마음이 든다. 늦어서 정말 미안하구나.

世

사회

돈이 많지 않으면 사귐이 깊지 못하다

"돈 있으면 안 되는 게 없어. 돈이 최고야."

"어떻게 돈이 최고냐. 돈보다 더 귀한 가치가 있다."

"그래? 그게 뭔데? 우정? 사랑? 그런 거도 돈 없어 봐. 다 소용 없어."

"그걸 돈으로 계산할 수 있나? 돈으로 살 수 있어?"

"됐다. 그런 생각도 다 먹고살 만하니까 하는 거야. 돈 없어 죽을 지경인 사람들한테 돈보다 귀한 게 있다고 말해봐라. 씨알도 안 먹힐 거다."

세상 사람들, 사귀는 데 돈을 필요로 해서
돈이 많지 않으면 사귐이 깊지 못하다.
잠깐 믿고 서로 마음을 허락하여도

끝내는 길가는 사람 보듯 한다.

世人結交須黃金 세인결교수황금　黃金不多交不深 황금부다교불심

縱令然諾暫相許 종령연락잠상허　終是悠悠行路心 종시유유행로심

_唐 당 張謂 장위, 생몰년미상, '題長安主人壁 제장안주인벽, 장안에서 머물렀던 집 벽에 쓰다', 『唐詩品彙 당시품휘』 권 48

● 이 시를 쓴 장위(張謂)는 8세기 중후반 시절에 살았던 사람이다. 양귀비를 후궁으로 들였던 당나라 현종(玄宗) 때 진사가 되었고, 24세에 변방으로 나가서 10년간 크고 작은 전공을 세웠다고 한다. 이 사람의 생애는 당나라 시기 재사(才士)들의 이력을 기록해 놓은 『당재자전(唐才子傳)』에 간략히 소개되어 있다. 재주가 출중했고, 권력자한테 아부하지 않았으며, 자존심도 매우 강했고, 거리낌 없는 성격에 술을 좋아하는 사람이었다고 한다.

옛날엔 돈이 최고라는 말을 대놓고 할 수 없었다. '사농공상(士農工商)'이라는 말에서 보이듯 상인은 가장 아래에 있는 천한 사람이었다. 그럼에도 돈이 있어야 무언가를 할 수 있으니 겉으로 표현은 못 해도 속으로 돈이 최고라는 생각을 지닌 사람들이 많았고, 그것이 사람 관계까지 좌우하게 되었다.

'세상 사람들, 사귀는 데 돈을 필요로 해서 돈이 많지 않으면

사귐이 깊지 못하다.(世人結交須黃金(세인결교수황금), 黃金不多交不深(황금부다교불심))', 상대한테 돈을 달라고 하지는 않지만, 가진 돈의 액수에 따라 사람을 평가한다는 뜻이겠다. 돈이 많은 사람한테는 혹시나 그 사람한테 은혜를 입지 않을까 해서 아부한다. 반면 그렇지 못한 사람은 은근히 무시하고 홀대한다.

설령 인품이 훌륭한 사람과 만나게 되더라도 그 사람한테 돈이 없다는 걸 확인하면 '잠깐 믿고 서로 마음을 허락하여도(縱令然諾暫相許(종령연락잠상허)' 차츰차츰 멀리하기 시작한다. 여기에서 '연락(然諾)'은 '믿음이 있다'로 풀이한다. 그 사람이 가진 돈은 내 것이 아니건만 사람들은 '혹시 그게 내 것이 되지 않을까' 하는 간사한 마음을 지니고 산다. 그러다가 상대한테 돈이 없다는 걸 확인하거나, 있어도 그것이 내 이익이 될 가능성이 없다고 판단하면 상대를 '끝내는 길가는 사람 보듯(終是悠悠行路心(종시유유행로심))'한다. '유유(悠悠)'는 여유로운 모양이나 물이 길게 가는 모습을 뜻하는 말인데, '세속'이나 '일반'이라는 뜻으로 쓰기도 한다. '행로(行路)'는 '길을 간다'인데 '길가는 사람'으로 풀이한다. '심(心)'은 '그런 마음을 먹는 것', '그렇게 생각하는 것'을 뜻한다. 그러니까 이 사람은 나와 아무런 관계가 없는 사람으로 생각한다는 말이다. 그전엔 그렇게 친하게 대했으면서 한순간에 태도를 바꿔 버린다. 예나 지금이나 돈의 위력이 대단하긴 한가보다.

"돈은 사는 데 필요한 것이지. 그러니 당장 못 먹고 사는 사람한테 돈이 최고가 아니라고 말할 수는 없어. 돈에 대한 생각의 차이를 떠나 그건 사람한테 해서는 안 될 말이야. 좋아. 그럼 네가 돈이 없을 때 내가 너를 모른척하거나 사람대접을 안 해줘도 괜찮겠어?"

"그건 아니지. 우린 친구잖아."

"아까는 돈이 최고라면서?"

"야, 그건 말이 그렇다는 거지."

"그런 말을 아무렇지도 않게 하니까 사고 나서 사람이 죽으면 '보상금 좀 받겠네'하는 소리를 당당하게 하는 거야. 필요하다고 해서 그게 최고라고 생각하는 건 잘못 아닌가?"

지금의 세상 사람들은 자본주의의 틀 안에 살고 있다는 것만으로 모든 것을 그에 따라 판단하고는 사람의 목숨조차 돈으로 계산하는 짓까지 서슴지 않으면서 부끄러운 줄도 모르고 오히려 당당해 한다. 당신의 목숨값은 얼마인가.

열 손가락에 진흙도 묻혀보지 않는 사람이

사회의 부조리를 고발하거나, 이를 개선하려고 노력하는 사람들이 있었고, 현재에도 그러하지만, 여전히 사회는 불합리하다. 노력해도 소용없으니 이 현실을 그대로 받아들이고 살다가 가야만 하는가. 어떤 사람들은 말한다.

> "많이 배운 지식인, 글 잘 쓰는 작가가 바른말을 해야 한다. 우리는 아는 게 없다."

지식인이나 작가는 그들만이 가진 예민함을 발휘하여 남들이 보기 어려운 세상일을 보여주는 역할을 하는 사람일 뿐이다. 세상을 바꾸는 일은 늘 이름 없는 민중들이 도맡아서 해왔다. 물론 지식인도 그들 중 한 사람에 속한다.

문 앞의 흙 다하도록 기와를 구워도
그 집 지붕 위엔 기와 조각 없는데
열 손가락에 진흙도 묻혀보지 않은 사람이
비늘 같은 기와 얹은 큰 저택에 사는구나.

陶盡門前土 도진문전토　屋上無片瓦 옥상무편와
十指不霑泥 십지부점니　鱗鱗居大廈 인린거대하

_宋송 梅堯臣 매요신, 1002–1060, '陶者 도자, 기와 굽는 사람',
『宛陵集 완릉집』 권 4

● 매요신은 송나라 초기 사람이다. 나라가 비교적 평온해서 당시 시인들은 불합리한 현실에 대해서 시를 쓰기보다는 아름다운 시를 쓰려고 했다. 이것은 송나라에 앞선 당나라 말기의 시풍(만당풍(晩唐風)이라고 한다)에서 완전히 벗어나지 못했기 때문이기도 하지만, 사회 분위기와도 무관하지 않다. 워낙 이런 시인들이 많아서 하나의 유파를 형성했는데 이들을 서곤파(西崑派)라고 한다. 이런 분위기에서 매요신은 서곤파를 비판하면서 시 창작에서 현실주의를 표방했다. 민중의 삶에 관심을 가졌고, 이를 소박하고도 솔직하게 표현하려 노력했다. 매요신의 시를 읽어보자.

천 년도 더 된 옛날 일인데 마치 지금의 우리 사회를 이야기하는 것 같다. '문 앞의 흙 다하도록 기와를 굽는다.(陶盡門前土(도진문전토))', 말 그대로 일하는 양이 매우 많으며, 제대로 쉴 시간도 없다는 뜻이다. 그렇게 일을 해도 '그 집 지붕 위엔 기와 조각이 없는(屋上無片瓦(옥상무편와))' 형편이다. 기와 굽는 사람이니 자기네 집 기와부터 얹으면 된다고 생각하는 사람이 있겠다. 집에 기와를 올리는 게 문제가 아니다. 이걸 팔아야 밥을 먹을 수 있다. 애당초 그런 꿈은 꿀 수가 없다. 시인은 노동자가 합당한 대우를 받지 못하는 현실을 고발하면서, 동시에 부유함이 소수에게 집중되는 사회의 불합리한 현상을 말하고자 했다. '조각'이라는 뜻을 지닌 '편(片)'을 써서 가난한 현실을 강조한 점이 눈길을 끈다.

이런 생각은 이어지는 구에서 더욱 구체화한다. '열 손가락에 진흙도 묻혀보지 않은 사람이, 비늘 같은 기와 얹은 큰 저택에 사는구나.(十指不霑泥(십지부점니), 鱗鱗居大廈(인린거대하))', 일하지 않는 사람은 지붕에 물고기 비늘(鱗鱗, 인린)처럼 촘촘하게 기와를 얹은 집에서 떵떵거리며 산다. '鱗鱗(인린)'은 지붕의 모양을 나타내는 말이다. '너희도 기와를 만들어서 쓰라'는 게 아니다. 노동자는 죽도록 일을 해도 가난을 면치 못하는데 왜 너희만 부유하게 사느냐고 질책하는 것이다. 이렇게 말하면 그들은 '우리가 잘 다스려 준 덕분에 그나마 먹고사는 것이다'라고 도리어 큰소리를 칠 것이다. 누구를 다스리는 사람이 아닌 평범한 우리가 노동자들한테 무심코 내뱉는 말과 너무 닮았다.

'일하지 않는 자여 먹지도 마라. 자본가여 먹지도 마라'고 하면 "자본가도 일하는 사람이다. 그들 덕에 먹고 산다", "누가 노동자가 되라고 했나? 많이 배워서 그런 사람이 안 되면 될 거 아니냐", "많이 가진 놈들이 더 가지려고 생떼를 쓴다"고 일축한다. 이런 말을 하는 사람은 누구인가. 자본가가 아닌 평범한 우리다. 통탄할 만한 일이 아닐 수 없다. '우리 덕분에 자본가들이 먹고산다', '배움의 양에 관계없이 우리는 모두 노동자다', '일한 만큼의 임금을 요구하는 건 당연한 일이다'라고 생각하면 안 되겠는가.

사람들은 농촌의 즐거움을 말하지만

조선의 선비 동계(東谿) 조귀명(趙龜命, 1693-1737)의 글에 이런 말이 나온다.

> "경치가 좋은 산촌을 지날 때마다 말을 세워 놓고 그곳을 배회하면서 '이곳에 사는 사람은 그림 속에나 나오는 사람이겠구나' 하면서 부러워한다. 그런데 막상 가서 물어보면 스스로 이 경치를 좋다고 생각하는 사람이 없었다."

_『東谿集(동계집)』 권6, 「題畫帖(제화첩)」

그곳에 사는 사람이 그 풍경에 익숙해서일 수도 있고, 그 안에서의 삶이 고달프기 때문일 수도 있겠다. 나한테 아름다워 보이는 풍경이라고 해서 실제로 그 안에 사는 사람도 그 풍경을 좋아할 거라고 단정할 수 없다는 말이다.

닭이 울면 나가야하고
개 짖으면 돌아와야 하는데
가을 오자 공사(公事)가 급해져서
아무 때고 들락날락한다.
게다가 어제는 비가 석 자나 내려
부엌 바닥은 이미 진흙탕이다.
사람들은 농촌이 즐겁다고 하지만
이 같은 괴로움을 알기나 할까.

鷄鳴人當行 계명인당행　犬鳴人當歸 견명인당귀
秋來公事急 추래공사급　出處不得時 출처부득시
昨夜三尺雨 작야삼척우　竈下已生泥 조하이생니
人言田家樂 인언전가락　爾苦人得知 이고인득지

_宋송 陳師道진사도, 1053-1101, '田家전가, 농가', 『後山集후산집』 권 1

● '당(當)'은 '마땅히~을 해야 한다'는 뜻이다. 그렇게 하는 것이 이론의 여지 없이 당연하다는 뜻도 있다. '닭이 울면 나가야 하고, 개 짖으면 돌아와야 하는(鷄鳴人當行(계명인당행), 犬鳴人當歸(견명인당귀))' 건 변치 않는 농부의 일상이다. '당(當)'을 반복해서 이 점을 강조했다. 아울러 이 구절은 농사꾼은 잠시도 밭을 떠

날 수 없다는 사실을 말하고 있기도 하다. 온종일 손수 작물을 돌봐야 무사히 수확할 수 있다. 이처럼 농사엔 끝없는 시간과 농부의 손길이 필요하다.

그렇게 공을 들여도 제대로 수확을 할까 말까인데 나라에선 밭에 있어야 할 농민들을 각종 일에 동원한다. '공사(公事)'는 공공의 일이라는 뜻인데, 각종 부역을 지칭한다. 옛날엔 도로 넓히기, 둑쌓기, 성을 쌓거나 수리하기, 관공서 건축 등의 일은 모두 농민들이 해야 했다. 이것도 힘들어 죽을 지경인데 그나마 일한 대가도 받을 수 없었다. 그뿐인가. 나라에선 농작물에 각종 세금을 붙여 수탈을 일삼았다. 자신이 키운 곡식을 맛보지도 못하는 일이 비일비재했다.

농사 하나도 벅찬데 부역에까지 동원되어 '아무 때고 들락날락(出處不得時(출처부득시))'해야 하니 집안일은 전혀 돌볼 수 없다. '부득시(不得時)'는 때를 맞추기가 어렵다는 뜻이다. 하늘은 농민한테만 무심하여 빈집에 폭우를 내린다. 누구는 그 비를 보며 감상에 젖었으리라. '진흙탕이 되어 버린 부엌 바닥(竈下已生泥(조하이생니))'은 농민의 삶이 이처럼 형편없다는 걸 상징적으로 보여주는 그림이다. 농사를 지어도 세금으로 빼앗기고, 그 와중에 무임금으로 일해야 하는 삶은 '진흙탕'이라는 표현으로도 다 말할 수 없다.

이런 사정을 모르는 지배층들은 들판에 열린 곡식과 고즈넉해 보이는 농촌의 풍경을 보며 농민의 삶은 한적하고 풍요로울 것이라고 여긴다. 그러고는 '세상일 끝내고 나면 전원으로 돌아가 농사를 지으며 살겠다'며 점잔을 뺀다. 그들은 이 같은 괴로움을 알기나 할까?(爾苦人得知(이고인득지))

"아름다운 농촌에서 농사짓고 사니까 참 좋죠?"

"농사지어 보세요. 그런 말이 나오나."

전쟁했던 일 꿈과 같고 가을 산은 찬데

1894년, 농민들은 나라의 가혹한 수탈을 견디지 못하고 호미 대신 죽창을 들고 일어났다. 얼마 전까지만 해도 사람들은 이 사건을 '동학난(東學亂)'이라고 하여, 농민군을 폭도로 치부하지는 않았지만, 은근히 나라에 '반란'을 일으킨 세력으로 폄하했다. '난(亂)'은 가만히 있는 상태를 어지럽힌다는 뜻이다. 요즘엔 '동학농민혁명', '갑오농민전쟁' 등으로 부른다. 다행스러운 일이 아닐 수 없다.

갑오년 무렵 일이 크게 위태해져
나주성 밖엔 도적의 깃발 가득 나부껴.
민병의 의로움에 산천(山川)이 변했고
선비 장수의 높은 이름 초목(草木)도 알았다.
끝내 파직을 청하는 역마는 바삐 달렸으니

가련하다. 벼슬 버리고 떠나려는 발길 더딘 것이
전쟁했던 일 꿈과 같고 가을 산은 찬데
단풍나무에 걸린 석양은 길가의 비를 비춘다.

甲午年間事大危 갑오년간사대위　羅州城外賊千旗 나주성외적천기
民兵義色風雲變 민병의색풍운변　儒將高名草木知 유장고명초목지
竟有鋃鐺馳驛急 경유랑당치역급　可憐琴鳥棄官遲 가련금석기관지
戰塵如夢秋山冷 전진여몽추산랭　紅樹斜陽路左碑 홍수사양로좌비

_朝鮮조선 黃玹황현, 1855-1910, '閔羅州種烈討平碑민나주종렬토평비, 나주 목사 민종렬의 토평비', 『梅泉集매천집』 권 4

● 그래도 조선사회 지배층은 농민의 봉기를 반란으로 규정했다. 이 시는 1910년 한일강제병합 사건이 일어났을 때 의분을 느껴 자결로 생을 마감한 매천(梅泉) 황현(黃玹)이 썼다. 1902년 작이다. 황현이 죽음을 앞두고 남긴 '절명시(絶命詩)'는 많은 이들에게 깊은 감동을 준 작품이다. 이런 사람이므로 농민의 봉기를 조금이나마 다른 시각으로 대했으면 하고 기대했지만, 결국 이 사람도 조선사회의 지식인층에 속했던 사람임을 확인하게 되어 아쉽다.

이 시의 제목에 보이는 민종렬(閔種烈)은 나주목사(羅州牧使)로 있으면서 농민군을 막았던 사람이다. '토평비(討平碑)'는 농

민군을 '토벌하고 평정한' 기록을 새겨 놓은 '금성토평비(錦城討平碑)'를 가리킨다. 금성은 나주의 옛 이름이다.

황현은 농민군을 '도적'으로 취급했다. 그러니 이들은 토벌되어야 마땅한 무리일 뿐이었다. '민병의 의로움에 산천이 변했다(民兵義色風雲變(민병의색풍운변))', 민종렬과 함께 싸운 관군을 조금은 과장된 언사를 써서 칭송하고 있다. 농민은 도적일 뿐이니 이들을 토벌하는 관군은 당연히 의롭다. '풍운(風雲)'은 '자연'을 뜻하므로 '산천'이라는 말로 바꿔서 풀이해도 무방하다. 관군의 기세가 자연의 흐름을 바꿀 정도로 성대했다는 뜻으로 읽으면 되겠다.

'선비 장수의 높은 이름 초목(草木)도 알았다.(儒將高名草木知(유장고명초목지))', '선비 장수'인 '유장(儒將)'은 민종렬을 가리키는 말이다. 아무래도 장수한테 필요한 건 용맹함인데 민종렬한테는 용맹함에 학식까지 갖춰져 있었다는 뜻이다. '초목도 알았다'는 건 그만큼 민종렬의 덕망이 높았음을 뜻하는 말이다.

나주가 함락되지 않자 전봉준은 직접 나주로 와서 민종렬과 담판을 지었다. 전봉준은 나주에 집강소(執綱所)를 설치하게 해달라고 요구했다. 집강소는 농민군이 직접 운영하는 자치기구다. 여기에서 농민군은 탐관오리를 잡아들여 벌을 주거나, 자신들에게 수탈을 일삼았던 지주들을 단죄하기도 하면서 폐정을 개혁하려고 노력했다. 이런 집강소의 설치는 농민군의 처지에선 당연히 할 수 있는 요구였지만, 민종렬한테는 모든 권한을 내려놓으라는 말과 같았다. 민종렬은 이 제안을 거부했다.

담판이 실패로 돌아가자 전봉준은 농민군에 협조적인 태도를 지닌 전라감사 김학진(金鶴鎭)을 통해 민종렬의 파직을 요청하는 상소를 조정에 보내도록 했다. 조정에선 전라도 전체를 관장하는 감사가 요청해 왔으므로 민종렬을 파직하고 박세병(朴世秉)이라는 사람을 나주목사로 임명했다. '끝내 파직을 청하는 역마는 바삐 달렸다(竟有鋃鐺馳驛急(경유랑당치역급))'는 말은 이 일을 가리킨다. '낭당(鋃鐺)'은 죄인을 옥에 가둘 때 쓰는 쇠사슬이다.

그렇게 해서 민종렬은 파직됐다. '가련하다. 벼슬 버리고 떠나려는 발길 더딘 것이(可憐琴舃棄官遲(가련금석기관지))'는 파직된 민종렬의 처지와 그의 심정을 표현한 말이다. 어디까지나 민종렬은 나주가 도적한테 함락되면 안 되고, 그곳에 있는 백성은 자신이 돌봐야 할 불쌍한 사람이라고 생각했다. 그러니 파직되어서 물러나지만, 발길이 더딜 수밖에 없다. 황현은 민종렬이 처한 이 상황을 '가련하다'고 생각했다. '금석(琴舃)'은 '거문고와 신발'인데 '지방의 수령'을 뜻하는 단어다. 지방의 수령이 백성을 수탈하지 않아서 남은 건 자신이 갖고 있던 거문고와 신발뿐이더라는 옛 중국의 이야기에서 유래했다.

뜻밖의 일이 일어났다. 분명히 민종렬은 파직을 당했는데 나주의 백성들이 민종렬의 파직을 힘껏 저지했다. 백성들과 아전들이 떠나려는 민종렬의 길을 막고 못 가게 했다고 한다. 사태가 이렇게 되자 조정에선 민종렬을 결국 유임시켰다. 이후 민종렬은 나주지역을 잘 방어한 공로를 인정받아 호남지역 전체의 농민 진압을 담당하는 호남초토사(湖南招討使)가 되었다.

황현을 포함한 당시의 유림(儒林)들은 농민군을 같은 나라에 사는 사람으로 취급하지 않았다. 전라감사 김학진과 같은 인물도 있었지만, 대부분 선비는 농민을 '무지몽매한 놈'으로 여겼다. 농민들은 처음부터 고립된 상황에서 싸움을 전개해야만 했다. 설상가상 무능력한 데다가 무식하기까지 했던 조선 조정은 일본군을 끌어들여 농민군을 짓밟았다. 자국의 군대를 동원했던 짓도 씻지 못할 죄인데 외국 군대를 이용해 자국의 백성을 죽인 일은 당시의 시대 상황을 고려하더라도 절대 용서받을 수 없다.

이 시를 소개하면서 굳이 당시 유림의 시각을 비판하고 싶지는 않다. 그들에게 갇혀져 있던 인식의 틀을 지금의 생각에 맞춰 재단할 수는 없는 일이다. 현재가 중요하지 않을까 한다. 우리는 농민군의 반란을 '혁명'이나 '전쟁'으로 해석하고 있다. 그렇다면 지금 농촌을 파괴하는 정책을 잇달아 내놓는 정부에 항의하는 농민들의 외침은 어떻게 해석해야 할 것인가. 공들여 수확한 곡식을 태우고, 애지중지 기른 가축을 생매장하는 농민들의 모습을 어떻게 바라보고 있는가.

"그만하면 잘 먹고 잘살잖아."

"농민들 엄살떨 거 없다. 보상 바라고 저러는 거야. 해주면 안 돼."

"자꾸 의존만 하려 하지 말고 경쟁력을 키워라."

지금도 전국에선 여전히 '갑오농민전쟁'은 계속되고 있다. 우리는 민종렬이 되어야 할까. 전봉준이 되어야 할까.

얼음 깨는 이 괴로움 그 누가 말하겠나

지금이야 흔해 빠진 얼음이지만 냉장고가 없던 옛날에 얼음은 무척 귀했다. 나라에선 얼음을 저장할 저장소를 만들어 두고는 겨울에 백성을 동원해서 얼음을 채취하게 했다. 물론 백성이 자발적으로 얼음 채취에 나서지 않았다. 모든 일은 강제로 이루어졌으며, 백성은 그나마 일한 대가도 받지 못했다.

나라에선 그 얼음을 제사를 지내는 데 쓰거나 한여름에 고관대작들한테 나눠줬다. 옛사람의 문집엔 얼음 하사받은 일을 자랑삼아 써 놓은 글이 가끔 눈에 띄기도 한다. 한여름에 얼음을 쓸 수 있는 집은 극소수에 한정되었으므로 백성이 여름에 얼음을 쓰는 일은 엄두조차 낼 수 없었다.

여름에 얼음을 쓸 수 있는 그 극소수 집안의 자제에 농암(農巖) 김창협(金昌協)이라는 사람이 있다. 김창협은 일반에게는 비교적 덜 알려졌지만, 연암 박지원과 함께 조선 후기를 대표하는 산문 작가다. 김창협은 문벌이 높은 집안의 사람이면서도 백성의 노고를 잊지 않았으며, 이들의 고단한 삶을 실감 나는 필치로 써 놓았다.

12월, 한강물 얼어붙어 단단해지자
많고 많은 사람들 강 위로 나와서는
도끼 들고 쩡쩡 어지러이 깎아대니
쩌렁쩌렁 소리 저 아래 용궁까지 닿을 듯.
깎아낸 두꺼운 얼음 눈 덮인 산과 비슷하니
차갑게 쌓인 음기(陰氣) 사람에게 닥쳐온다.
아침마다 등에 지고 빙고(氷庫)로 들어가고
밤마다 망치와 끌 챙겨서 강 복판에 모인다.
낮 짧고 밤은 길건만 밤에도 쉬지 못하고
주고받는 노동요 소리만 모래톱에 울린다.
정강이가 드러난 짧은 옷, 발에는 짚신도 없는데
매서운 강바람에 손가락은 떨어져 나갈 지경이다.
화려한 집에선 유월이라 뜨겁고 찌는 날에
미인의 흰 손에 맑은 얼음 전해주고
귀한 칼로 치고 부숴 온 좌석에 나눠주니
대낮 허공 속엔 흰 싸락눈 흩날린다.

집안 가득 채워 앉아 더운 줄 모르고 즐기는 이들
얼음 깨는 이 괴로움 그 누가 말하겠나.
그대 보지 못했는가. 길가에 더위 먹어 죽은 백성들
대부분 이 강에서 얼음 깨던 사람들이었다는 걸.

季冬江漢氷始壯 계동강한빙시장　千人萬人出江上 천인만인출강상
丁丁斧斤亂相斲 정정부근란상착　隱隱下侵馮夷國 은은하침풍이국
斲出層氷似雪山 착출층빙사설산　積陰凜凜逼人寒 적음름름핍인한
朝朝背負入凌陰 조조배부입릉음　夜夜椎鑿集江心 야야추착집강심
晝短夜長夜未休 주단야장야미휴　勞歌相應在中洲 로가상응재중주
短衣至骭足無屝 단의지한족무비　江上嚴風欲墮指 강상엄풍욕타지
高堂六月盛炎蒸 고당육월성염증　美人素手傳淸氷 미인소수전청빙
鸞刀擊碎四座徧 난도격쇄사좌편　空裏白日流素霰 공리백일류소산
滿堂歡樂不知暑 만당환락부지서　誰言鑿氷此勞苦 수언착빙차노고
君不見道傍暍死民 군불견도방갈사민　多是江中鑿氷人 다시강중착빙인

_朝鮮조선 金昌協김창협, 1651–1708, '鑿氷行착빙행, 얼음 깨는 노래',
『農巖集농암집』 권 1

● '깎아낸 두꺼운 얼음 눈 덮인 산과 비슷하다(斲出層氷似雪山(착출층빙사설산))', 조금은 과장된 표현이지만, 백성이 일일이 손으

로 채취해서 쌓아온 얼음의 양이 그만큼 많았다는 뜻이다. 음력 12월(季冬, 계동)이라 그렇지 않아도 추운데 강바람을 맞으며 산더미처럼 쌓인 얼음 옆에 서 있으니 '차갑게 쌓인 음기(陰氣) 사람에게 닥쳐온다.(積陰凜凜逼人寒(적음름름핍인한))'

게다가 이 작업은 낮도 아닌 밤에 이루어졌다. 거의 밤을 새우면서 얼음을 캐고 잠시 쉬고는 '아침마다 등에 지고 빙고(氷庫)로 들어간다.(朝朝背負入凌陰(조조배부입릉음))' 조선 시대엔 채취한 얼음을 동빙고, 서빙고를 비롯한 세 곳의 저장소에 보관했다. 백성은 일 년 내내 농사를 짓느라 쉬지도 못하고 겨울이면 또 이런 일을 겪어야 했다. 그것도 겨울 장비도 갖추지 못하고 맨몸으로 일해야 했으니 그들이 겪었을 고초가 어땠을지 짐작하기 어렵지 않다. '정강이가 드러난 짧은 옷, 발에는 짚신도 없는(短衣至骭足無屝(단의지한족무비))' 상태로 일하면서 죽지 않는 걸 다행으로 알아야 했다.

반면 얼음을 쓰는 사람들의 모습은 어떠했던가. '길가엔 더위 먹어서 죽은 백성의 시체가 널브러져 있는데(道傍暍死民(도방갈사민)', 백성의 고초를 아는 것까지는 바라지도 않는다. 그 귀한 얼음을 물 쓰듯 한다. 오뉴월 염천에 '대낮 허공 속엔 흰 싸락눈 흩날릴(空裏白日流素霰(공리백일류소산))' 지경이다.

김창협은 12구부터 흥청망청 생각 없이 사는 고관대작의 모습을 그대로 보여주어, 백성이 겪는 엄혹한 고초를 더욱 강조했으며, 아울러 지배층의 각성을 촉구했다. 백성은 죽도록 얼음을 캤지만, 정작 자신들은 얼음을 써보지도 못하고 더위를 먹고 죽는다. 불공평을 넘어 이건 너무 가혹한 일이다.

사람들은 경주에 있는 석빙고(石氷庫)를 보며 '그 옛날 신라시대에 살던 사람들이 이처럼 지혜로웠다'며 감탄한다. 틀리지 않는 말이며, 그 지혜에 감탄하면서 자부심을 지녀도 좋다. 그러나 그 석빙고에 얼음을 넣은 사람은 '얼음을 쓰지 못하는' 힘없는 백성이었음을 잊어서는 안 될 것이다.

내가 가진 고급 옷, 신발, 멋진 자동차를 만든 사람들은 대부분 정작 그것을 입고, 신고, 타지 못하며 산다. 자본주의 사회는 원래 그렇게 돌아가는 거라고 인정하며 그냥 놔둬야 하는가. 한 번이라도 '이게 아닌데'라는 생각이나마 해줄 순 없는 것일까.

이토록 나라에서
못살게 굴 줄이야

2013년, 정부는 세수확보를 위해 폐휴지를 거둬 생계를 유지하는 175만 명 노인들에게 주어지던 세금 혜택을 줄이겠다고 발표했다. 말이 좋아 줄이는 것이지 당사자들은 '부과'라고 느꼈을 것이다. 기업이나 부유층의 세금은 어떻게든 깎아주려 노력하면서 일정한 직업도 없이 고작 폐휴지를 주워서 근근이 살아가는 노인의 주머니를 털겠다니. 이 소식을 보고 경악을 넘어 분노했던 기억이 난다. 시행 여부는 물론 발상 자체에 터무니가 없다고 느꼈다.

> 늙은 할멈 베 한 필을
> 잿물에 빨아서 겨울 볕에 말린다.
> 무릎 잡고 사립문에 쪼그려 앉았는데
> 살이랑 피부는 얼어서 찢어질 듯

몸에 걸칠 옷 마름질하면
아침저녁으로 끝낼 수 있겠지 했건만
얼마 안 가 아전이 들이닥쳐선
눈을 부릅뜨고 입으로 거품을 뿜으며
"네가 세금을 안 내 가지고
나를 얻어터지게 만드는구나.
네 몸 장차 보전하지 못할 건데
옷 따윈 만들어서 뭐하려고?"
할멈 대답은 끝나지도 않았는데
아전은 베를 말아 돌아간다.
할멈은 가슴 치며 하늘 향해 부르짖는다.
"올겨울 얼어 죽는 거야 불쌍할 거 없지만
이토록 나라에서 못살게 굴 줄이야
그 옛날 태평세월 이 눈으로 봤었는데……."

老媼一匹布 노온일필포　和灰晒寒日 화회쇄한일
抱膝坐柴戶 포슬좌시호　肌膚凍欲裂 기부동욕렬
裁作身上衣 재작신상의　計功朝夕畢 계공조석필
無何吏胥至 무하리서지　目瞠口噴沫 목정구분말
以汝曠租傜 이여광조요　使我堪箠撻 사아감추달

爾身且不保 이신차불보　安用衣身爲 안용의신위

老媼未及答 노온미급답　吏胥卷布歸 리서권포귀

老媼搥胸呼向天 노온추흉호향천　今冬凍死何足憐 금동동사하족련

安知國役至此極 안지국역지차극　白頭曾見昇平年 백두증견승평년

_朝鮮조선 李植이식, 1584-1647, '途中記見도중기견, 길가다 본 일을 쓰다',
『澤堂集택당집』 권 2

● 이 시를 쓴 이식(李植)은 이정구(李廷龜), 신흠(申欽), 장유(張維)와 함께 한문사대가(漢文四大家)로 일컬어진 사람이다. 당나라 두보(杜甫)의 시에 일가견이 있어서 『택풍당두시비해(澤風堂杜詩批解)』를 쓰기도 했다. 이 책은 현재에도 두보 시를 공부하는 사람들에게 많은 도움을 주고 있다. 이 시는 광해군 말년(1620)에서 인조 원년(1623) 사이에 이루어진 작품이다. 1623년은 인조반정(仁祖反正)이 일어난 해다.

시기는 약간 멀지만, 임진왜란이 있었고, 반정으로 왕이 교체됐으니 조선 사회는 혼란스러울 수밖에 없었다. 그 혼란으로 인한 피해는 고스란히 힘없는 백성에게 전가되었다. 광해군이 명나라와 청나라 사이에서 뛰어난 외교력을 발휘했건 아니건, 그 나물에 그 밥도 못 되는 인조가 광해군의 잘못을 바로잡겠다며 '반정(反正)'을 했든 말든 백성들의 삶은 피폐했다. 이 와중에 지배층은 당파가

바뀌었을 뿐 백성들의 피를 빨아 먹으며 호의호식하는 놈들의 집단이라는 사실엔 변함이 없었다.

이 시에는 지배층이 백성을 어떻게 바라보고 있으며 어떤 방법으로 백성의 피를 빠는지에 대한 내용이 매우 구체적으로 나타난다. '늙은 할멈 베 한 필을, 잿물에 빨아서 겨울 볕에 말린다.(老媼一匹布(노온일필포), 和灰晒寒日(화회쇄한일))', 할머니는 추운 겨울에 맨손으로 옷감을 빨아 말리고 있다. 추위도 추위려니와 그 독한 잿물에 손을 담갔으니 '살이랑 피부는 얼어서 찢어질 것(肌膚凍欲裂(기부동욕렬))' 같다. 할머니는 이 옷감을 어디에 팔려고 말리는 게 아니었다. 자기 한 몸 겨우 추위나 면해보려고 옷을 지으려 했다.

이런 물건인데 아전이 들이닥쳐 빼앗아 간다. 윗사람이 시키니까 어쩔 수 없이 하는 일이 아니다. 이놈이 하는 말을 보면 알 수 있다. 아전은 늙고 힘없는 할머니한테 '네 몸 장차 보전하지 못할 건데, 옷 따윈 만들어서 뭐하느냐(爾身且不保(이신차불보), 安用衣身爲(안용의신위)'며 막말을 쏟아 낸다. 물론 점잖은 선비들은 이렇게 말하지 않는다. 백성을 사랑해야 한다고 말한다. 그 사랑하는 백성한테서 세금을 거둬오지 못하는 아전을 벌주면 된다. 지배층이 백성을 대하는 태도는 이랬다.

이 할머니는 부르짖는다. '올겨울 얼어 죽는 거야 불쌍할 거 없지만, 이토록 나라에서 못살게 굴 줄이야(今冬凍死何足憐(금동동사하족련), 安知國役至此極(안지국역지차극)', 나라 때문에 추운 것도 아니니 그것 때문에 죽는 거야 어쩔 수 없는 일이다. 그런데 어떻게 세금 때문에 죽을 수가 있는가. '安知國役至此極(안지국역지차극)'은 직역하면 '나라의 부역 때문에 이런 곤궁한 지경에 이르게 될 줄 어떻게 알았겠는가'로 된다. 할머니 말 속에는 나라를 향한 강한 불신과 분노가 담겨있다. 그러나 이 할머니가 할 수 있는 일은 가슴을 치며 우는 것밖에 없다.

지금도 이와 다르지 않다. 그런대로 먹고 사는 사람들은 나라의 횡포에 항의라도 할 수 있지만, 그럴 기회조차 없는 175만 '폐지 줍는 노인'들은 아무런 저항도 못 한 채 고스란히 당한다. 이런 분들한테 어엿한 자식이라도 있다면 폐지를 주워서 연명하지는 않을 것이다. 어디 가서 하소연할 데도 없다. 안타까운 마음 금할 길 없다.

돌에 입이 있다면 분명 할 말이 있으리라

옛날엔 사람이 죽으면 그 사람의 무덤 근처에 비석을 세웠다. 비석에는 고인의 생애와 업적을 새겨 넣는다. 이때 비문은 고인의 집안 사람한테 부탁을 받은 유명한 선비가 쓴다. 이렇다 보니 비문 작성자는 고인의 생애를 미화해서 쓰는 경우가 많았다. 차마 좋지 않은 말을 쓸 수 없었던 것이다. 이래서 옛사람들의 비문을 읽어보면 대부분 고인을 찬양하는 내용으로 이루어져 있다. 그중엔 정말 훌륭한 사람도 있었지만, 그렇지 않은 사람도 많았다. 오죽했으면 비문 쓰는 일을 두고 '유묘(諛墓)'라고 하기까지 했을까. '무덤에 아첨한다'는 뜻이다.

> 충주의 좋은 돌은 유리 같아서
> 천 사람이 깎아내고 만 마리 소가 옮긴다.

돌 옮겨서 어디로 가느냐고 물으니
가서 권세가의 신도비를 만든단다.
신도비에 글을 쓰는 사람은 누구냐고 하니
필력은 굳세고 문장 작법이 뛰어난 사람이란다.
다들 말한다. "이 분이 살아계실 때
천성과 학업이 동년배들을 뛰어넘었고
임금을 섬길 땐 충성스럽고 정직했으며
집안에선 효성스럽고 자애로웠다.
문 앞에는 뇌물 써서 청탁하는 사람이 없었고
창고 안에는 쌓아둔 재물도 없었다.
그분의 말씀은 세상의 본보기가 될 만했고
행실은 남의 스승이 되고도 남았다.
평생 벼슬하거나 물러가는 사이에
도리에 안 맞는 것 하나도 없었다.
때문에 이 내용 새겨 후세에 전해
영원토록 없어지지 않게 하려는 것이다."
이 말을 믿을 만한지 아닌지
남들은 아는지 모르는지
마침내 충주 산 위의 돌들은
날로 달로 사라져 이제는 남은 게 없구나.

하늘이 돌을 낼 때 입 없도록 한 게 다행이지
돌에 입이 있다면 분명 할 말이 있으리라.

忠州美石如琉璃 충주미석여유리　千人斸出萬牛移 천인촉출만우이
爲問移石向何處 위문이석향하처　去作勢家神道碑 거작세가신도비
神道之碑誰所銘 신도지비수소명　筆力倔強文法奇 필력굴강문법기
皆言此公在世日 개언차공재세일　天姿學業超等夷 천자학업초등이
事君忠且直 사군충차직　居家孝且慈 거가효차자
門前絕賄賂 문전절회뢰　庫裏無財資 고리무재자
言能爲世法 언능위세법　行足爲人師 행족위인사
平生進退間 평생진퇴간　無一不合宜 무일불합의
所以垂顯刻 소이수현각　永永無磷緇 영영무린치
此語信不信 차어신불신　他人知不知 타인지부지
遂令忠州山上石 수령충주산상석　日銷月鑠今無遺 일소월삭금무유
天生頑物幸無口 천생완물행무구　使石有口應有辭 사석유구응유사

_朝鮮조선 權韠권필, 1569–1612, '忠州石충주석 效白樂天효백락천,
「충주석忠州石」 백낙천白樂天의 작품을 본떠서 짓다',
『石洲集석주집』 권 2

● 석주(石洲) 권필(權韠)은 사대부 집안의 자제이며 유명한

송강(松江) 정철(鄭澈)의 제자이기도 하다. 19세 때 초시·복시에 연달아 장원급제한 인재였다. 그런데 그가 쓴 답안지 내용에 조정의 뜻에 어긋나는 내용이 있다는 이유로 합격이 취소되었다. 권필은 심기일전하기 위해 전국 각지를 여행하는데 이 과정에서 백성의 고달픈 삶을 목격하게 되었다.

권필은 이 여행을 통해 사회 비판의식을 키웠고, 이를 훌륭한 시로 표현했다. 23세에 스승 정철이 정쟁에 휘말려 귀양 가는 것을 보고는 이후로 벼슬할 생각을 하지 않았다. 설상가상 권필이 24세 되던 해에 임진왜란이 일어났다. 전쟁이 끝나고도 벼슬에 나가지 않았고 은거 생활을 하면서도 현실 비판의식을 잃지 않았다. 권필은 44세 때 「궁류시(宮柳詩)」를 써서 광해군의 외척세력을 풍자하고 비판했다. 이 작품 때문에 권필은 광해군의 친국을 받는 과정에서 혹독한 매질을 당해 그 후유증을 이기지 못하고 죽었다.

이 시는 중국 당나라 시인 백거이(白居易)의 「청석(靑石)」이라는 작품의 내용을 본떠서 썼다. 낙천(樂天)은 백거이의 호다. 신도비(神道碑)에서 '신도'는 '신의 길'이라는 뜻이다. 신도비는 죽은 사람의 영혼이 다니는 길에 세운 비석이라는 의미를 지니고 있다. 왕이나 덕망 높은 벼슬아치, 학자들의 무덤에 신도비를 세운다. 그런데 서두에서 말한 것처럼 신도비의 내용은 '유묘'에 가까울 정도로 고인에 대한 칭송 일색이다. 우리 조상은 모든 면에서 완벽하고 훌륭한 분이다. 이런 분이니 비석을 만들 재료는 최고급이어야 한다. 후손들은 이런 식으로 조상을 미화하여 집안 자랑을 한다. 이 시의 7구에서 18구에 나오는 내용은 바로 이런 점을 풍자한 것이다.

이러니 전국적으로 유명한 충주의 돌이 남아날 리가 없다. 천 사람이 깎아내고 만 마리 소가 옮긴다.(千人斸出萬牛移(천인촉출만우이)) 이런 일이 반복되니 마침내 충주 산 위의 돌들은 날로 달로 사라져 이제는 남은 것이 없게 된다.(遂令忠州山上石(수령충주산상석), 日銷月鑠今無遺(일소월삭금무유)) 권필은 이 작품을 통해 권세가들의 허세와 가식적인 모습을 그대로 보여주면서 그들이 부끄러움을 느껴주길 바랐다. 어차피 한시는 평민이 읽을 수 없는 글이니까 그렇다.

권필은 이 작품 속에 자신의 감정을 곧바로 드러내지 않았다. 백성의 고달픈 삶에 주목하지 않고 자신들끼리 세력다툼을 벌이는 지배층을 비판적으로 바라보면서 그들에게 꺾이지 않는 삶을 살았던 사람이었으므로 「충주석」 안에는 지배층을 향한 분노가 서려 있지 않을까 짐작한다. '하늘이 돌을 낼 때 입 없도록 한 게 다행이지, 돌에 입이 있다면 분명 할 말이 있으리라.(天生頑物幸無口(천생완물행무구), 使石有口應有辭(사석유구응유사)', 돌에 입이 있었다면 무어라 말했을까. 자유롭게 아무 말이나 해도 된다. 나 같으면 '이 나라에 이처럼 훌륭한 사람이 많은데, 왜 백성들의 삶은 이 모양 이 꼴인가.'하고 말했을 것 같다.

요즘엔 비석 대신 주로 동상을 세우는 경우가 많다. 훌륭한 분의 동상도 많지만, 친일파와 쫓겨난 독재자, 영구집권을 하려다 비명에 횡사한 독재자의 동상과 같은 것들도 꽤 많다. 하늘이 청동을 낼 때 입이 없도록 한 게 다행이지, 청동에 입이 있었으면 분명 할 말이 있을 것이다.

요즘의 많은 무리,
모두 사대부가 아니니

지식인이라고 해서 반드시 불합리한 사회 현상에 대해 문제를 제기하고, 그 해결을 위해 앞장서야 하는 것은 아니다. 그러나 세상의 모든 지식은 사회 현상 속에서 생겼으므로 사회 문제에 관심을 두지 않는 지식인을 진짜 지식인으로 인정할 수 있을지 모르겠다. 분야를 막론하고 지식인이라면 세상 돌아가는 일을 예의주시하면서 어떤 식으로든 사회의 진보에 이바지해야 하지 않을까 생각한다.

〈전략〉

요즘의 많은 무리, 모두 사대부가 아니니
이들한테 뭐가 있겠나, 망령되고 어리석을 뿐.
제 집안 제 한 몸 건사하지도 못하니

죽어서 구렁텅이를 메워도 오히려 늦었다 하리.
만일 식견 가진 진시황이 있다면
반드시 이런 무리부터 파묻었으리.
제일 나쁜 버릇이 천성이 되어
고담준론 일삼으며 아첨이나 하는 주제에
"우리 가문은 번창하고 있다."
"우리 당파는 잘 이어 지고 있어." 뇌까린다.

〈후략〉

〈前略 전략〉

今者云云擧非士 금자운운거비사　何有於此妄且癡 하유어차망차치
自家一身自不濟 자가일신자부제　塡乎溝壑尙云遲 전호구학상운지
若有隻眼秦始帝 약유척안진시제　必從此輩先坑之 필종차배선갱지
最是惡習與成性 최시악습여성성　峻論高談自夸毗 준론고담자과비
自言門閥好瓜葛 자언문벌호과갈　自言黨目善裘箕 자언당목선구기

〈後略 후략〉

_朝鮮조선 趙冕鎬조면호, 1804-1887, '邀蕙園値出未遇요혜원치출미우, 혜원을 맞으러 갔으나 마침 외출하여 만나지 못하다', 『玉垂集옥수집』 권 5

● 옥수(玉垂) 조면호(趙冕鎬)는 조선 말기 일제의 식민지배가 이루어지기 시작할 무렵에 살았던 사람이다. 유명한 추사(秋史) 김정희(金正喜)가 아끼는 제자 중 한 명이었다고 한다. 학계는 물론 대중들한테도 널리 알려진 작가는 아니지만, 조면호의 시에는 당시 조선 사회 분위기와 외세를 바라보는 사대부들의 시각이 담겨 있어, 혼란했던 그 시대를 이해하는 데 적지 않은 도움을 준다. 조면호는 제너럴셔먼호 사건(1866), 병인양요(1866), 오페르트 도굴 사건(1868), 신미양요(1871), 강화도 조약(1876) 등 굵직한 사건이 있을 때마다 시를 통해 자신의 견해를 폈다. 서구 세력의 조선 진출을 침략으로 규정했으면서도 일본과의 강화도 조약 체결 문제에 대해서는 조금은 개방적인 모습을 보이기도 했다. 영향력이 큰 인물은 아니었으므로 조면호의 의견이 정치에 반영되진 않았지만, 조선과 중국이 힘을 합해 서구열강에 맞서야 한다는 생각도 하고 있었다.

조선 사회는 말기로 접어들면서 신분체계가 흔들렸고, 경제력을 잃은 사대부들이 늘어났다. 그나마 권력을 잡고 있던 사대부계층도 자신의 집안을 키우거나 자신이 속한 정파의 이익을 추구하는

데 몰두했다. 안동김씨와 풍양조씨의 이른바 '세도정치'도 이 시기를 대변하는 말 중 하나다. 이러니 나라가 온전할 수가 없었다. 백성의 삶은 더욱 궁핍해졌고, 이런 가운데 외세는 호시탐탐 허약한 조선을 넘보고 있었다. 조면호는 나라가 이 모양이 되어 가는데도 손을 놓고 있는 사대부들에게 강한 어조로 각성하라고 촉구했다.

이 시는 7언 160구의 장편 고시(古詩)다. 혜원(蕙園) 신석면(申錫冕)이라는 친구를 만나러 갔는데 혜원이 집에 없기에 이 시를 써서 남겼다고 한다. 1854년 작이다. 이 시는 당시 사대부들의 처지, 사대부의 개념 규정, 사대부의 역할 등의 내용으로 이루어져 있다. 시의 어조는 무겁지 않지만, 부분적으로 매우 과격한 언사를 쏟아내고 있다.

'제 집안 제 한 몸 건사하지도 못하니, 죽어서 구렁텅이를 메워도 오히려 늦었다 하리.(自家一身自不濟(자가일신자부제), 塡乎溝壑尙云遲(전호구학상운지))', 경제력도 없으면서 체통만 세우려 하는 사대부들을 비꼬고 있다. '나 이래 봬도 선비야' 하고 큰소리치지만 사회 문제엔 관심이 없거나 아는 것도 없다. 게다가 먹고 살 능력도 없다. 그러니 이런 부류들은 일찍 죽는 게 낫다.

이어지는 말은 더욱 과격하다. '만일 식견 가진 진시황이 있다면, 반드시 이런 무리부터 파묻었을 것.(若有隻眼秦始帝(약유척안진시제), 必從此輩先坑之(필종차배선갱지))'이라고 하면서 무능력한 사대부들을 통렬하게 비판했다. 진시황(秦始皇)은 선비를 생매장시켜서 죽인 나쁜 사람인데, 오히려 진시황을 거론해서 독자의 마음을 격동시켰다. 진시황이라고 하면 사대부들이 이를 가는 사람이다. '척안(隻眼)'은 '외눈'이라고 풀이하지만 '뛰어난 견해 또는 식견'을 뜻한다.

이 정도까지 되었으면 사대부들 스스로 각성해야 할 텐데 이들은 여전히 '우리 가문은 번창하고 있다. 우리 당파는 잘 이어지고 있다(自言門閥好瓜葛(자언문벌호과갈), 自言黨目善裘箕(자언당목선구기))'고 하면서 옛 추억만 되새기며 눈앞의 현실을 의도적으로 무시해 버린다. 나라를 지탱해야 할 사대부가 자기 집안, 자기 당파만 생각하고 있으니 나라가 제대로 돌아갈 리 없다. 까마귀 날자 배가 떨어진다고 했던가. 조면호는 이 작품을 쓴 뒤에 유배를 가게 되었다.

역대로 우리 사회에 큰일이 있을 때마다 책상에 앉아서 연구에 몰두하던 교수들은 시국 성명을 발표하거나 때에 따라 거리로 나서기도 했다. 사회를 변혁하는 데 이들은 중요한 역할을 했다. 문제는 이런 분들이 예전보다 자꾸만 줄어들고 있다는 사실이다. 4대강 사업, 국가기관의 대선 개입, 민주주의 후퇴, 비정규직 문제 등 지식인들이 관심을 두고 해결을 촉구해야 할 일들이 쌓여 있는데도 지식인 대부분은 이 문제들을 애써 외면하고 있다.

조선의 사대부와 지금의 지식인을 똑같은 부류로 취급할 수는 없다. 사회 구조가 전혀 다르기 때문이다. 그러나 사회 분위기를 이끌어 가는 사람들은 아무래도 지식인이라는 사실을 고려하면 사대부와 현재 지식인의 역할만은 크게 다를 것이 없다. 이런 점에서 조면호의 비판은 오늘날에도 유효하다고 하겠다.

이 글은 성균관대 김용태 교수의 책 『19세기 조선 한시사의 탐색』의 내용을 참고하여 썼음을 밝힙니다.

史

역사

세력을 회복해서 다시 왔다면 어땠을지 모를 일

이미 결과가 있는 역사적 사건을 놓고 '그때 이랬더라면 좋았을 텐데' 하고 생각하는 건 쓸데없는 일일지도 모른다. 생각해 본들 현실이 변할 리 없기 때문이다. 이걸 알면서도 사람들은 자꾸 옛일을 곱씹는다. 유명한 사건일수록, 주인공에 대한 평가가 엇갈릴수록 후대인들의 입에 오르내린다.

전쟁의 승패는 예측할 수 없는 것
수치를 참고 견디는 사람이 남자다.
강동의 젊은이 중엔 호걸이 많았으니
세력을 회복해서 다시 왔다면 어땠을지 모를 일.

勝敗兵家事不期 승패병가사불기　包羞忍恥是男兒 포수인치시남아

江東子弟多豪傑 강동자제다호걸　捲土重來未可知 권토중래미가지

_唐당 杜牧두목, '題烏江亭제오강정, 오강정에서',
『全唐詩전당시』 권 523

● 항우(項羽)가 거느린 초나라 군대는 한나라 유방(劉邦) 군에게 포위됐다. 유방의 참모 장량은 초나라군에게 심리전을 폈다. 전군에게 초나라 노래를 부르게 해서 초나라군의 전의를 상실하게 했다. '사면초가(四面楚歌)'란 고사가 여기서 유래했다. 고향 생각에 젖은 초나라 병사들은 앞다퉈 진영을 이탈했다. 전세가 불리해진 것을 안 항우는 사랑하는 여인 우희(虞姬)와 마지막 술잔을 나눈다. 우희는 항우가 차고 있던 칼을 빼서 자결했다.

날이 밝았다. 항우의 뒤를 따르는 병사는 팔 백 명밖에 남지 않았다. 힘을 다해 포위망을 뚫었지만, 병사들은 하나둘 죽어 나갔고, 그 와중에 길까지 잃었다. 끝내 또 포위당했다.

"내가 오늘 이렇게 된 건 싸움을 못해서가 아니라 하늘이 나를 버렸기 때문이다. 나는 오늘 여기에서 죽지만, 너희에게 내가 싸움을 못해서 진 것이 아니라는 걸 증명해 보이겠다."

이때 항우를 따르는 병사들은 고작 스물여덟 명뿐이었다. 스

물여덟 명은 일곱 명씩 네 무리로 나뉘어서 적군을 베고 다시 중앙으로 집결했다. 그러나 치고받는 가운데 부하들은 하나둘 전사하고 몇 명만 남았다. 항우가 쫓겨서 간 곳은 오강(烏江)이었다. 이때 소설처럼 뱃사공이 나타난다. 뱃사공은 항우에게 강을 건너 다시 병사를 모은 후 결전을 치르라고 권한다.

"나는 강동의 팔 천 자제들을 데리고 이 강을 건넜지만, 지금 살아서 돌아가는 사람은 한 명도 없소. 무슨 면목으로 그들의 부모를 볼 수 있겠소. 자, 이 말은 나와 평생을 함께한 오추(烏騅)라는 명마요. 당신께 드리겠소."

항우가 말에서 내리자 부하들 역시 말을 버리고 백병전을 준비했다. 한나라 군대는 벌떼처럼 달려들었고, 마침내 항우 혼자 남았다. 그러나 한나라 병사들은 항우의 기세에 눌려 함부로 덤비질 못했다. 이때 항우는 적진 속에서 낯익은 얼굴을 발견했다.

"자네는 내 옛 친구 여마동(呂馬東)이 아닌가. 한나라에선 내 목에 천금(千金)과 만호(萬戶)를 걸었다지. 자네한테 내 목을 선물로 주지."

BC 204년, 한 시대를 주름잡던 맹장 항우는 30년의 생을 자살로 마감했다.

그로부터 약 천 년이 지나 당나라의 시인 두목(杜牧)이 항우가 죽은 곳을 찾아왔다. 「제오강정(題烏江亭)」은 널리 알려진 작품이지만, 일반에게는 시보다는 '권토중래(捲土重來)'라는 성어가 더 친숙하다. '흙먼지를 날리며' 또는 '땅을 말아버릴 듯한 기세로' 다시 온다는 뜻을 지니고 있다. 실패하더라도 힘을 회복해서 다시 시작한다는 의미로 쓰고 있다. 한편 근래의 유명한 한학자 임창순 선생은 '권(捲)'을 '있는 것을 다 한다'로 '토(土)'를 '지방'으로 보아서 '권토'를 '강동지방에 있는 인력과 물자를 총동원한다'고 풀이하기도 했다.

항우와 유방의 이야기를 알고 이 시를 읽으면 이해하기 어렵지 않다. 사마천의 『사기(史記)』에는 항우는 성질이 포악했고, 남의 말을 듣지 않았으며, 자신의 용맹만 믿었고, 중요할 때마다 머뭇거려서 실패한 사람이라고 기록되어 있다. 항우는 진나라 수도를 점령한 뒤에 진시황의 아방궁을 불태웠고, 항복한 진나라 군사를 생매장해 버렸다. 이래서 항우에 대한 후대의 평가는 좋지 못하다.

그런데 두목은 오히려 항우를 안타까워했다. 전세가 불리해지자 사랑하는 여인에게 투항하라고 권유했던 장면, 자신이 타던 말을 선물했던 일, 옛 친구한테 자기의 목을 기꺼이 내놓던 장면 등을 통해 포악한 이미지에 가려진 항우의 또 다른 모습을 볼 수 있다. 이처럼 박한 평가에도 불구하고 항우에게는 다른 영웅이 갖지 못한 인간적 매력이 있었기 때문에 시인 두목은 항우에게 연민의 정을 느꼈을 것이다. 이런 마음이 '전쟁의 승패는 예측할 수 없는 것, 수치를 참고 견디는 사람이 남자다.(勝敗兵家事不期(승패병가사불기), 包羞忍恥是男兒(포수인치시남아))'라는 두 구로 나타나지 않았는가 한다.

역사책에 나오는 항우와 유방에 대한 이야기를 읽으며 두 사람의 성격을 비교하고 평가해 보는 것도 의미 있고, '역사는 승자의 기록'이라는 말을 전제로 하고 두 사람을 재평가해보는 일도 의미 있다. 어떤 식으로 읽든 지나간 일을 두고 '이랬더라면' 하는 생각을 해본다는 공통점이 있을 것이다. 어찌 보면 쓸데없는 일인 것 같은데 왜 사람들은 과거의 일을 회상하거나 두목처럼 시까지 써서 논평하는 것인가. 과거의 성공 또는 실패한 사례를 통해 오늘과 내일을 살아가는 방법을 찾으려 해서가 아닐까 한다. '포수인치(包羞忍恥, 수치를 참고 견딤)'와 '권토중래(捲土重來)'는 지난 삶에만 해당하는 말은 아닐 것이다.

백성을 묻지 않고 귀신을 물었던 일이

옛날에는 왕이 나라를 다스렸으므로 뛰어난 사람이라 할지라도 능력을 펼치려면 자신을 믿어주는 왕을 만나야 했다. 그런데 역대로 신하를 일관적으로 밀어준 왕은 많지 않았다. 왕의 생각이 바뀌기도 했지만, 뛰어난 신하가 등용되면 동시에 견제하는 신하도 생겼기 때문이다. 이래서 역사책에는 뛰어난 능력과 올바른 소신을 지녔음에도 이를 펼칠 기회를 얻지 못하거나, 기회를 얻었더라도 남들한테 막혀서 좌절된 사람들이 자주 등장한다.

선실(宣室)에서 어진 이 구하여 쫓겨난 신하를 불렀으니
가생의 재주엔 다시 짝할 사람 없었다.
가련하다. 한밤중에 헛되이 자리를 앞으로 당겨
백성을 묻지 않고 귀신을 물었던 일이

宣室求賢訪逐臣 선실구현방축신　賈生才調更無倫 가생재조갱무륜

可憐夜半虛前席 가련야반허전석　不問蒼生問鬼神 불문창생문귀신

_唐당 李商隱이상은, 812-858, '賈生가생, 가생',

『李義山詩集이의산시집』 권 中중

'가생(賈生)'은 중국 한나라 때 사람 가의(賈誼, BC200-BC168)를 가리킨다. 가의는 18세에 이미 글재주로 소문난 인재였다. 가의가 20세 되던 해에 한나라 황제였던 문제(文帝)는 가의의 명성을 듣고 그를 조정으로 불러 나라의 학문을 담당하는 박사(博士)로 임명했다. 가의는 박사 중에 제일 어렸지만, 나이 많은 선생들도 모두 가의를 인정했고, 특히 문제는 가의를 매우 아껴서 이듬해에는 벼슬을 올려주었다. 당시 한나라는 개국 초기라서 옛날 진나라의 제도를 그대로 쓰고 있었다. 가의는 진나라의 제도를 버리거나 전면적으로 수정해야 한다고 주장했다. 그러나 문제는 시기상조라고 생각해서 가의의 의견을 받아들이지 않았다. 때맞춰 한나라의 개국공신들은 가의를 대놓고 비판했다.

"가의는 나이가 어리고 학문도 미숙해서 권력을 독점하려 하고 모든 일을 문란하게 하고 있습니다."

문제는 조정 대신들의 의견을 무시할 수 없었고, 자신 역시 가의의 급진적인 태도를 마뜩잖게 생각하고 있었으므로 그를 장사왕(長沙王)의 태부(太傅)로 좌천시켰다.

이 시는 가의가 장사왕의 태부로 있을 때의 일을 토대로 쓴 것이다. '선실(宣室)'은 한나라의 미앙궁(未央宮)에 딸린 곳인데 문제가 이곳에서 가의를 접견했다고 한다. 이때 문제는 가의한테 귀신의 본질에 관해서 물어봤다. 가의는 뛰어난 사람이었으므로 문제의 물음에 막힘없이 대답했다. 문제는 이야기에 심취한 나머지 자기도 모르게 자리를 앞으로 당겨서 가의 앞으로 다가갔다고 한다. 3구에 나오는 '전석(前席)'은 자리를 앞으로 당긴다는 뜻인데 이 일이 하나의 유명한 고사가 되어 '전석'이라고 하면 임금과 신하가 의기투합한다는 의미로 쓰이게 되었다.

그런데 이 시를 쓴 이상은은 '한밤중에 헛되이 자리를 앞으로 당겼다(夜半虛前席(야반허전석))'라고 하여 문제의 행동은 부질없다고 일축해 버렸다. 가의는 정치적인 식견이 뛰어난 사람이고, 황제 역시 나라를 다스리는 일에 몰두해야 하는데, 문제는 그와는 상관없는 귀신 이야기에만 정신이 팔렸기 때문이다. 나라 다스리는 이야기를 듣고 '자리를 앞으로 당겼어야' 한다는 말이다. 황제라는 사람이 어떻게 '백성을 묻지 않고 귀신이나 물어 본다는(不問蒼生問鬼神(불문창생문귀신))' 말인가. 이상은은 훌륭한 정치력을 가진 가의가 그 능력을 펼 수 없었다는 사실을 안타까워하면서 황제의 처사도 비판했다.

어쨌든 문제는 이 만남 이후에 가의를 자신의 막내아들 양회왕(梁懷王)의 스승으로 임명했다. 이때 문제는 황실의 친척들한테 땅을 떼어주어 다스리게 했는데 가의는 이들이 세력을 키우면 황실에 후환이 될 수 있으므로 그만둬야 한다고 주장했다. 그런데 문제는 가의의 학식에는 감탄했으면서도 이런 말은 귀담아듣지 않았다. 이후 가의는 양회왕이 말을 타다가 떨어져 죽자 자책하며 슬퍼하다가 죽고 말았다. 서른셋이라는 젊은 나이였다.

인재를 적재적소에 두고 제대로 활용하는 것은 리더에게 필요한 덕목 중 하나다. 문제는 한나라 건국 초기의 황제였으므로 큰일은 겪지 않았지만, 가의와 같은 사람을 제대로 활용하지 못했다는 비판에서 벗어나기 어렵다. 나라를 운영하는 사람이 인재를 등용하거나 내칠 때는 그에 합당한 이유가 있어야 하는 데 문제는 남의 말을 근거로 삼아 내쳤고, 자신의 취향에 따라 등용했다. 이 역시 비판받아야 할 일이다.

우리 사회엔 몇 명의 문제가 있고 또 얼마나 많은 가의가 있을 것인가. 현재 큰일을 겪지 않고 있다 해서 대수롭지 않게 넘길 일이 아니라는 생각이 든다.

봄이 왔는데 봄 같지 않아

"춘래불사춘(春來不似春). 봄의 한가운데를 지나가고 있지만, 금융권에는 구조조정 칼바람이 매섭다."

_뉴스토마토, 2014. 5. 12. 기사

이처럼 봄이 왔는데 내 현실은 겨울과 같을 때, 또는 봄이 되면 날이 포근해져야 하는데 여전히 추우면 '춘래불사춘이라더니'라고 한다. 봄이 왔는데 봄 같지 않다고 풀이한다. 이 말은 당나라 동방규(東方虯)의 시 「소군원(昭君怨)」에 나오는 구절이다. 「소군원」은 한나라 원제(元帝, BC76-33)의 후궁이었던 왕소군(王昭君)의 이야기를 바탕으로 쓴 시인데 사람들은 동방규나 왕소군은 몰라도 춘래불사춘은 알고 있다. 그만큼 표현이 쉬우면서도 절묘하기 때문이 아닌가 한다.

오랑캐 땅이라고 화초가 없겠는가만
봄이 왔는데 봄 같지 않아.
저절로 옷과 띠가 느슨해진 건
허리 몸매 때문 아니란다.

胡地無花草 호지무화초　春來不似春 춘래불사춘
自然衣帶緩 자연의대완　非是爲腰身 비시위요신

_唐당 東方虯동방규, 생몰년미상, '昭君怨소군원, 왕소군의 원망', 『全唐詩전당시』 권 100

● 한나라 원제한테는 후궁이 많았다. 그래서 화가에게 후궁들의 초상화를 그리게 한 후, 그 그림을 보고 마음에 드는 여자를 골라서 즐겼다. 이러다 보니 후궁들이 황제의 눈에 들기 위해 화가한테 앞다투어 뇌물을 바치는 기현상이 생겼다. 화가들은 뇌물의 액수에 맞춰 그림을 그려주었다. 그러나 왕소군은 뇌물을 바치지 않았으므로 황제를 만날 수 없었다.

그림을 보고 여자를 택했다는 말 속엔 그만큼 황제가 사치스러운 사람이었다는 사실이 들어 있다. 자연스레 정치도 제대로 이루어지지 않았다. 『한서(漢書)』를 보면 원제는 내시를 신임했고, 충직한 신하를 멀리했으며, 성격도 우유부단한 데다가 백성들한테 무거운 세금을 부과했다고 한다. 얼마 가지 않아 한나라는 잠시 망하고 신(新)나라가 들어섰다.

원제와 왕소군의 만남은 엉뚱한 곳에서 이루어졌다. 당시 한나라의 북방에서 위세를 떨치던 흉노(匈奴)의 선우(單于, 우두머리) 호한야(呼韓邪)가 한나라를 방문했다. 호한야는 한나라와 화친을 맺기를 바랐고, 그것으로도 모자라 원제한테 자신을 사위로 삼아 달라고 했다. 원제는 오랑캐 따위한테 황실의 공주를 주고 싶지 않았지만, 그렇다고 이 제안을 거절할 수도 없었다. 흉노는 강했기 때문이었다. 그래도 오랑캐를 위해 좋은 대접을 해 줄 순 없었다. 원제는 호한야를 위해 연회를 베풀었는데 예쁜 여자를 오랑캐한테 보여 주기 싫어서 그림을 보고 못생긴 여자들을 연회에 동원했다.

"폐하, 꼭 황실의 공주가 아니더라도 상관없습니다. 저 여인을 제게 주십시오."

원제는 이게 웬 떡인가 싶어 기쁜 마음에 그 여인을 봤다. 왕소군이었다. 원제는 가슴이 내려앉았다. '분명 그림을 보고 못생긴 여자를 뽑았는데 이런 미인이 어떻게 여기에 있을 수 있는 거지?' 원제는 후회했지만, 약속을 어길 수도 없었다. 이 욕심 많은 황제는 꼼수를 썼다. 호한야한테 혼수를 준비해야 하니 3일만 기다려 달라고 하고는 왕소군을 취했다. 3일 후에 호한야 일행은 왕소군을 데리고 북방으로 돌아갔다.

"후궁들의 초상화를 그린 화가 놈들을 다 잡아들여라."

원제는 허탈하면서도 화가 치밀어 올랐다. 화가들이 제대로 그림을 그렸더라면 왕소군은 내 것이 되었을 텐데……. 왕소군의 초상화를 그린 사람은 모연수(毛延壽)라는 사람이었다. 원제는 모연수를 비롯한 궁중 화가들을 모조리 처형해 버렸다.

그 후 왕소군은 어떻게 되었을까. 호한야와의 사이에서 아들 하나를 낳았다. 이후 호한야가 죽고 아들 복주루(復株累)가 선우가 되었는데, 왕소군은 흉노의 풍습에 따라 복주루의 여자가 되었다. 둘 사이에선 딸 둘을 낳았다고 한다. 곡절 많은 삶이라 하지 않을 수 없다.

'오랑캐 땅이라고 화초가 없겠는가만, 봄이 왔는데 봄 같지 않아.(胡地無花草(호지무화초) 春來不似春(춘래불사춘))', 몸은 이곳에 있지만, 마음은 고향에 있다는 뜻으로 읽어도 좋고, 한나라 궁궐을 그리워한다고 봐도 괜찮다. 한편 '胡地無花草(호지무화초)'를 '오랑캐 땅이라 화초가 없다'고 풀이하는 경우도 있다. 추운 북방 지역이므로 시간상 봄이 되었지만, 화초가 자라지 않는다는 뜻으로 풀이된다. 그런데 이렇게 풀이하면 왕소군의 심정이 조금은 덜 드러날 것 같다. 몸은 꽃밭에 있지만, 마음은 괴롭다고 보는 게 더 시적이지 않을까?

남들은 예쁜 왕소군의 가는 허리를 보며 부러워하고 감탄한다. 그러나 왕소군의 허리가 가늘어진 건 근심 때문이다. 그 근심 때문에 몸이 말라버려서 '저절로 옷과 띠가 느슨해진(自然衣帶緩(자연의대완))' 것일 뿐이다. 이처럼 동방규는 왕소군이 흉노 지역으로 시집가서 평생을 근심 속에 살다 갔을 것으로 생각했다.

동방규 이외에도 아주 많은 시인이 왕소군을 소재로 시를 썼다. 그런데 정작 역사책에선 왕소군의 이야기가 매우 간략하게 소개되어 있다. 왕소군은 전한(前漢)시대의 역사 이야기를 짧게 소개한 『서경잡기(西京雜記)』와 정사인 『한서(漢書)』에 잠깐 등장하는데 그나마 비중이 크지도 않다. 평범한 궁녀였지만, 비범한 삶을 살았던 왕소군의 이력에 주목한 결과로 많은 시가 나왔을 것으로 짐작해 볼 뿐이다.

시를 읽어보니 과연 '춘래불사춘'은 '내 마음속엔 봄이 오지 않았다'는 뜻인 줄 알겠다. 남들은 즐겁게 살건만 내 처지는 괴로울 때 '춘래불사춘'이라고 한다. '춘래불사춘'이라는 말을 그야말로 '날씨가 봄 같지 않다'는 뜻으로만 쓸 수 있는 날이 오기를 바란다.

애절한 강 물결
여전히 원기를 띠었으니

절벽 밑엔 강물이 흐르고 주변엔 큰 나무들이 숲을 이루고 있다. '경치 좋다'는 말이 절로 나온다. 그런데 알고 보니 이곳은 아주 먼 옛날 큰 전쟁이 일어나서 많은 사람이 죽은 곳이었다. 이 사실을 알게 되면 그저 보기에 좋기만 했던 곳이 조금씩 다르게 보이기 시작하고, 무언지 모를 마음이 일어나기도 한다.

황량한 성엔 고각 소리 울려 퍼지고
옛 나루터엔 저물녘 구름 무심히 흘러
애절한 강 물결 여전히 원기를 띠었으니
모르겠네. 어디에서 장군을 조문할 지

荒城鼓角可堪聞 황성고각가감문　古渡空飛日暮雲 고도공비일모운

咽咽江波猶帶怨 열열강파유대원　不知何處弔將軍 부지하처조장군

_朝鮮 조선 權尙夏 권상하, 1641-1721, '彈琴臺 탄금대, 탄금대에서',
『寒水齋集 한수재집』 권 1

● '탄금대(彈琴臺)'는 '거문고를 타는 곳'이라는 뜻이다. 충주에 있으며, 이곳에서 가야(伽倻)의 우륵(于勒)이 가야금을 탔다는 전설이 내려온다. 가야금을 연주하던 곳이니 무척 경치가 좋은 곳이다. 그런데 이곳은 수많은 병사가 죽어간 전쟁터이기도 했다. 임진왜란 때 조선의 장수 신립(申砬, 1546-1592)이 소서행장(小西行長)이 이끄는 일본군과 맞서 싸웠던 곳이다.

충주가 뚫리면 곧바로 수도인 한양이 위험해지는 상황이었으므로 조선 조정에선 가장 믿을만한 장수 신립에게 정예병을 몰아주었다. 신립은 일본군의 주력은 보병이고, 아군의 주력은 기병이므로 평지에서 싸우려 했다. 이때 신립의 종사관이었던 김여물(金汝岉)은 지세가 험준한 조령(鳥嶺)에 복병을 두고 일본군을 상대하자는 의견을 냈다. 신립은 험한 지역에서는 기병의 장점을 살릴 수 없다고 판단해 이 의견을 채용하지 않았다. 결국, 평지인 탄금대 앞에 진을 치고 싸웠다. 그런데 탄금대 앞에는 논이 많아서 기병전을 펼치기에 적합하지 않았다. 설상가상 일본군은 충주성을 점령하고 탄금대에 주둔하고 있던 신립의 군대를 포위했다. 신립은 충주성을

탈환하려 했지만 실패하고 본진이 있던 탄금대로 돌아와서 싸우다가 적군 수십 명을 베고 강물에 뛰어들어 자결했다고 한다.

우륵이 가야금을 타던 경치 좋은 곳, 조선의 병사들이 피를 흘렸던 격전지에 당대의 뛰어난 성리학자 권상하가 찾아왔다. '황량한 성엔 고각 소리 울려 퍼지고, 옛 나루터엔 저물녘 구름 무심히 흘러(荒城鼓角可堪聞(황성고각가감문), 古渡空飛日暮雲(고도공비일모운)', '황성(荒城, 황량한 성)'과 '고도(古渡, 옛 나루터)'라고 했으니 이곳엔 이미 옛날 치열했던 격전의 흔적은 남아 있지 않다. '고각(鼓角)'은 전장에서 쓰는 북과 호각을 뜻하는데 시간을 알려주는 용도로 사용하기도 한다. 이 시에선 후자의 뜻으로 읽으면 되겠다. 저녁이 되자 석양을 받은 구름이 나루터 위로 흘러간다. 이곳에서 과연 그토록 험한 싸움이 벌어졌을까, 의심할 정도로 평화로운 풍경이다.

그래도 이곳은 신립과 조선군이 피를 흘렸던 탄금대다. 권상하는 본격적으로 자신의 감정을 드러내기 시작한다. 무심히 흐르는 강물일 뿐인데 '열열강파(咽咽江波)'라고 했다. '열열(咽咽)'은 목이 메어 우는 소리를 뜻한다. 게다가 이 강물은 '원기를 띠고(帶怨)' 있다. 이 원한의 주인공은 신립과 병사들이다.

임진왜란은 끝났지만, 여전히 그때 탄금대에서의 패배는 아쉬움으로 다가온다. 신립의 묘는 다른 곳(현재 경기도 광주)에 있지만, 넋은 이곳 어디엔가 있을 텐데 그곳이 어디인지 알 수가 없다. 누군가는 조선의 주력을 잃어버린 신립을 졸장이라고 깎아내리지만, 그래도 조국을 위해 끝까지 싸우다 전사한 사람이니 넋이나마 달래주어야 하지 않겠는가.

이 시를 읽으며 신립의 패배를 떠올리고는 그를 비난해도 좋고, 권상하처럼 동정심을 지녀도 좋다. 세월에 따른 공간의 변화 또는 인생의 덧없음을 느껴도 괜찮다. 한마디로 확정할 수 없는 그 무언지 모를 마음을 일으키는 것으로도 충분하지 않을까 한다.

큰 도적은 비록 머리를 바쳤지만

망한 나라의 마지막 임금은 후세 사람들한테 두고두고 비난의 대상이 된다. 꼭 그 임금 때문에 망하지 않았다 할지라도 어쨌든 그 임금은 망국을 막지 못한 책임에서 벗어나기 어렵다. 설상가상 새로운 나라를 세운 세력은 건국을 정당화하기 위해 전 왕조의 임금한테 갖가지 죄목을 뒤집어씌운다. 그중에는 사실인 것도 있고 아닌 것도 있다. 『고려사(高麗史)』를 쓴 사람들은 조선의 학자였다는 사실을 잊어서는 안 된다.

마지막 임금은 아니었지만, 고려의 공민왕(恭愍王, 1330-1374)은 조선의 선비들한테 많은 비난을 받았다. 공민왕은 원나라의 간섭에서 벗어나기 위해 친원 세력인 기씨 일파를 몰아냈고, 쌍성총관부(雙城摠管府)를 공격해서 철령 이북의 땅을 수복했다. 신돈을 등용한 후 전민변정도감(田民辨正都監)을 설치하여 권세가

들이 독점하고 있던 토지를 백성에게 돌려주고, 억울하게 노비가 된 백성을 해방했다. 이처럼 공적이 있는 공민왕이었지만, 신돈이 실각하고 왕비였던 노국대장공주가 죽은 이후 실의에 빠져 정사를 돌보지 않았고, 오히려 대규모의 토목공사를 일으켜 백성들의 원성을 샀다. 게다가 후사를 잇기 위해 측근에게 자신의 아내를 강제로 임신시키게 하는 비정상적인 짓을 저지르기도 했다. 이후 이 사실을 알고 있는 측근을 죽여 입을 막으려다가 오히려 그들의 손에 처참하게 살해되었다. 공민왕 이후에 우왕, 창왕, 공양왕이 왕위에 올랐지만, 공민왕만큼 주목받지 못했다. 사실상 공민왕은 고려의 마지막 임금이었던 셈이다.

세 가지 풍습과 열 가지 허물 때문에
나라를 잃은 일은 예로부터 있었다.
하물며 거기에 토목공사를 일으켜
개와 닭을 죽일 지경까지 되었던 일 말해 무엇하리.
말년에는 후사 문제를 근심한 나머지
하는 짓이 더욱 더러웠다.
음란하고 독한 신하가 후궁을 더럽혀
팔꿈치 뒤에서 내란이 일어났다.
큰 도적은 비록 머리를 바쳤지만

뒤이은 왕도 걸주(桀紂) 같았지.
옛 무덤은 처량하게 남았고
돌난간은 풀 속에 묻혔구나.

三風與十愆 삼풍여십건　失國古來有 실국고래유
何況兼土木 하황겸토목　殺戮到鷄狗 살륙도계구
末年憂繼嗣 말년우계사　所行尤更醜 소행우경추
淫毒汚後宮 음독오후궁　內亂起肘後 내란기주후
長鯨縱授首 장경종수수　嗣王亦桀紂 사왕역걸주
凄涼餘古墓 처량여고묘　石欄埋草莽 석란매초망

_朝鮮조선 南孝溫남효온, 1454-1492, '過玄陵과현릉, 현릉을 지나며',
『秋江集추강집』 권 2

● 시 전체를 공민왕에 대한 독설로 가득 채워놓았다. 남효온의 이런 생각이 조선 전기 선비들을 모두 대변한다고 단정할 수는 없겠지만, 대부분 그러했을 것으로 짐작한다. 조선은 고려왕조를 뒤엎고 건국한 나라였으므로 고려의 왕을 칭송한다는 건 반역에 가까운 행위로 간주하였기 때문이다.

남효온은 고려가 망한 원인으로 '세 가지 나쁜 풍습(三風, 삼풍)'과 '열 가지 허물(十愆)'을 제시했다. 세 가지 풍습이란 무풍(巫

風), 음풍(淫風), 난풍(亂風)을 가리킨다. 열 가지 허물은 세 가지의 나쁜 풍습에 해당하는 내용을 말한다. 항상 춤을 추고, 술 취해 노래하는 것을 무풍이라고 한다. 재물이나 여자, 놀이나 사냥에 빠지는 것을 음풍이라 한다. 성인의 말을 모독하고, 충직한 사람을 거역하며, 덕이 있는 연장자를 멀리하고, 버릇없는 아이를 가까이하는 것을 난풍이라 한다. 이 내용은 중국 고대의 역사를 기록해 놓은 『서경(書經)』에 나온다.

저 열 가지 중에 하나만 있어도 나라가 망할 지경인데 공민왕은 거기에 더해 토목공사까지 일으켜서 백성의 삶을 구렁텅이로 밀어 넣었다. 공민왕은 1366년에 노국공주의 초상화를 안치할 영전을 짓기 위해 대규모 토목공사를 일으켰다. 『고려사』에는 이 공사 중에 사람은 물론이고 짐을 나르는 소까지 죽어 나갔다고 기록되어 있다. 조금은 과장되어 있지만 '개와 닭을 죽일 지경까지 되었던 일(殺戮到鷄狗(살륙도계구))'은 바로 이와 같은 일을 두고 한 말이다.

공민왕의 뒤를 이은 우왕(禑王)은 공민왕과 신돈(辛旽)의 종이었던 반야와의 사이에서 태어났다고 한다. 공민왕은 이 사실을 숨기고 우왕을 궁인(宮人) 한씨의 소생이라고 발표한 뒤에 우왕을 세자로 삼으려 했다. 그러나 태후가 반대하자 후사를 얻기 위해 총애하는 신하 홍륜(洪倫)을 시켜서 자신의 후궁을 범하게 했다. 홍륜은 공민왕의 후궁인 익비(益妃)를 범해서 임신을 시켰다. 이때

익비가 거부하자 공민왕이 칼을 들고 위협을 해서 억지로 성교를 하도록 했다고 한다. 참으로 기괴하다 하지 않을 수 없다. 이후 공민왕은 홍륜과 이 사실을 알고 있는 최만생(崔萬生)이라는 자를 죽여서 후환을 없애려 했다. 그러나 이런 낌새를 알아차린 홍륜 일당은 공민왕의 침실에 난입해서 그를 난도질해 죽여 버렸다. '음란하고 독한 신하가 후궁을 더럽혀, 팔꿈치 뒤에서 내란이 일어난(淫毒汚後宮(음독오후궁), 內亂起肘後(내란기주후))' 것이다.

'장경(長鯨)'은 '긴 고래'인데 '큰 도적'이라는 뜻으로 쓰인다. 이 시에선 공민왕과 함께 개혁정치를 주도했던 승려 신돈(辛旽)을 가리킨다. 지금이야 신돈에 대한 재평가가 이루어지고 있지만, 조선 선비들에게 신돈은 요망한 승려일 뿐이었다. 심지어 우왕과 창왕(昌王)을 신돈의 아들이라고까지 했다. 실제로 우왕과 창왕은 이성계 일파에 의해 신돈의 아들이라는 이유로 폐위된 후 살해되었다. '큰 도적은 비록 머리를 바쳤지만, 뒤이은 왕도 걸주(桀紂) 같았다.(長鯨縱授首(장경종수수), 嗣王亦桀紂(사왕역걸주))'는 구절 속엔 당시 조선 선비들의 고려에 대한 관념이 고스란히 들어 있다. 다만 우왕과 창왕을 두고 중국의 유명한 폭군인 걸 임금과 주 임금에 빗댄 건 조금은 과장된 표현이 아닐까 짐작한다. 폭군 행세도 실권이 있어야 하는 법인데 허수아비들이 무엇을 제대로 할 수 있었겠는가.

남효온의 이 시는 고려를 비판함으로써 조선 건국의 당위성을 역설하는 내용으로 이루어져 있지만, 현재를 사는 우리는 이 시를 통해 '건전한 사회의 모습은 어떠해야 하는가'를 생각해도 좋을 것이다.

"항상 춤을 춘다. 술 취해 노래한다. 재물 욕심을 낸다. 여자(남자)에 빠진다. 놀이만 즐긴다. 사냥에 빠진다. 성인의 말을 모독한다. 충직한 사람을 거역한다. 덕이 있는 연장자를 멀리한다. 버릇없는 아이를 가까이한다."

우리 사회는 저 '열 가지 허물' 중 몇 가지를 지니고 있는가.

저 푸른 하늘의 뜻
알 수 없구나

역사책에 훌륭한 사람으로 등장하는 이들의 공통점 중 하나는 살아 있을 때 뜻을 이루지 못했다는 것이다. 식견이 뛰어나고 인품도 훌륭하며 정의로운 사람임에도 반드시 그의 앞길을 막아서는 사람이 등장한다. 영화 같으면 보통의 경우 주인공이 온갖 역경을 이겨내고 성공을 하는 것으로 끝이 나지만, 역사에 나오는 일은 그 옛날의 현실이었으므로 반드시 좋은 결말이 나지는 않는다. 그나마 다행스러운 일은 그 사람이 죽고 난 이후에는 제대로 평가를 받거나, 누군가가 그를 이어 일을 성사시키는 경우가 많다는 것이다. 그래도 살아있을 때 성공했더라면 하는 아쉬움은 떨치기 어렵다.

옛 역사를 보려 하지 않는 건
볼 때마다 눈물이 나오기 때문.

군자들은 반드시 곤액 당하고
소인들은 대부분 뜻을 이룬다.
성공할 만하면 패망이 문득 싹트고
편안해지려 하면 위험 이른다.
옛날 삼대(三代) 아래로부터는
하루도 다스려진 것 보지 못했다.
백성들한테는 무슨 죄가 있는가.
저 푸른 하늘의 뜻 알 수 없구나.
지난 일도 오히려 이와 같았는데
이때의 일이야 말해 무엇하겠나.

古史不欲觀 고사불욕관　觀之每迸淚 관지매병루
君子必困厄 군자필곤액　小人多得志 소인다득지
垂成敗忽萌 수성패홀맹　欲安危已至 욕안위이지
從來三代下 종래삼대하　不見一日治 불견일일치
生民亦何罪 생민역하죄　冥漠蒼天意 명막창천의
既往尙如此 기왕상여차　而況當時事 이황당시사

_朝鮮조선 金堉김육, 1580–1658, '觀史有感관사유감, 역사를 보고 느낌이 있어서',
『潛谷遺稿잠곡유고』 권 1

● 잠곡(潛谷) 김육(金堉)은 사대부 집안에서 태어나 영의정까지 오른 사람이었지만, 가난한 어린 시절을 보냈고, 광해군 시절에는 벼슬을 하지 않고 초야에 묻혀 살면서 역시 가난하게 살았기 때문에 백성이 겪는 고통을 누구보다 잘 알고 있었다. 자신이 벼슬을 하게 되면 반드시 백성을 위한 정치를 하겠노라 다짐했다. 인조 원년(1623), 44세의 나이로 벼슬살이를 시작한 김육은 백성을 위한 정치의 처음과 끝이 대동법(大同法)이라 생각해 이 법의 시행을 평생의 염원으로 삼고 살다 갔다.

대동법은 각 지역의 특산물을 세금으로 바치는 공납(貢納)을 대체한 법이다. 알다시피 지역 특산물 대신에 쌀을 세금으로 거둬들이자는 게 대동법의 주요 골자다. 대동법은 광해군 시절(1608)에 경기도를 시작으로 부분 시행되다가 숙종 34년(1708)에 전국으로 범위가 확대되었다. 정확히 100년이 걸린 셈인데 이토록 시행이 더뎠던 이유는 대토지를 소유한 지주들이 거세게 반발했기 때문이었다. 토지가 많을수록 세금으로 내야 할 쌀의 양이 늘어나니 지주들은 대동법을 좋아할 수가 없었다. 대신 백성들은 상대적으로 소유한 토지가 적어서 세금 부담이 한결 줄어들었으므로 대동법 시행을 환영했다.

이 시에는 대동법과 관련한 내용이 나오지 않는다. 대동법을 시행하자고 했을 때 번번이 그를 반대하고 나선 사람들을 원망하는 마음을 담아냈다고 섣불리 단정할 수도 없다. 그러나 늘 백성의 고단한 삶을 염두에 두고 죽을 때까지 대동법 시행을 주장했던 김육의 일관적인 태도를 알고 이 시를 본다면 조금 더 깊이 읽을 수 있지 않을까 한다.

역사책에서도 그렇고 현실에서도 마찬가지로 군자들은 반드시 곤액 당하고, 소인들은 대부분 뜻을 이룬다.(君子必困厄(군자필곤액), 小人多得志(소인다득지)) 나라를 위해 무언가 일을 하려고 하면 그때마다 방해하는 세력이 나타나니 무척이나 괴롭다. 그 세력은 백성의 삶엔 관심이 없고 오로지 자기네들의 이익만을 추구한다. 유사 이래로 중국의 하(夏)·은(殷)·주(周) 삼대(三代) 이외에는 하루도 다스려진 것 보지 못했다.(不見一日治(불견일일치)) 조금은 과장된 표현을 통해 김육은 자신이 사는 이 시절이 그만큼 살기 어렵다고 말한다.

권력자들의 이익 놀음으로 인한 피해는 고스란히 힘없는 백성에게 돌아간다. 백성한테는 무슨 죄가 있는가.(生民亦何罪(생민역하죄)) 악한 사람은 벌을 받고 선한 사람은 복을 받는 것이 하늘의 섭리라고 믿었는데 왜 오늘엔 그와 반대의 일이 벌어지는가. 저 푸른 하늘의 뜻 알 수 없다.(冥漠蒼天意(명막창천의)) 오늘날 우리나라 백성의 삶은 고달프기 그지없다.

“대동법(大同法)은 역(役)을 고르게 하여 백성을 편안케 하기 위한 것이니 실로 시대를 구할 수 있는 좋은 계책입니다. 비록 여러 도(道)에 두루 행하지는 못하더라도 경기도와 강원도에서 이미 시행하여 힘을 얻었습니다. 만약 또 전라도와 충청도 지방에서 시행하면 백성을 편안케 하고 나라에 도움이 되는 방도로 이것보다 더 큰 것이 없습니다. (…) 제가 나와서 회의하게 하더라도 말할 것은 이것에 불과합니다. 제 말이 쓰이게 되면 백성들에게 다행스러운 일일 것이고, 만일 제 말에 채택할 것이 없다면 다만 한 노망든 사람이 일을 잘못 헤아린 결과만 있을 뿐입니다. 이런 재상을 어디에 쓰겠습니까.”

_『왕조실록(王朝實錄)』 효종 2권, 즉위년(1649) 11월 5일 네 번째 기사, 번역 일부 수정

김육이 70세 때 당시 임금이던 효종에게 올린 상소 일부다. 김육은 곡창지대인 충청도와 전라도까지 대동법을 확대 시행하자고 주장했다. 대번에 김집(金集)과 송시열(宋時烈) 등의 반발에 부딪혔다. 효종 역시 김육의 의견을 받아들이지 않았다. 이렇게 되자 김육은 자신의 의견이 관철되지 않으면 벼슬을 버리고 물러나겠다고 상소를 올렸다. 물론 효종은 김육의 사직을 허락하지 않았다.

“만일 제 말에 채택할 것이 없다면 다만 한 노망든 사람이 일을

잘못 헤아린 결과만 있을 뿐입니다. 이런 재상을 어디에 쓰겠습니까."

노재상의 기백이 느껴지는 말이다. 그러나 김육은 대동법이 전국적으로 시행되는 걸 보지 못하고 세상을 떠났다. 그가 죽은 뒤 50년이 지나고서야 비로소 대동법은 전국적으로 시행되었다.

김육은 백성 속에 살면서 그들과 함께 가난을 경험했다. 그는 기득권 계층에 속해 있으면서도 자신의 이익보다는 가난한 백성의 편에 서서 그들의 삶을 돌보려 했던 명재상이었다. 대기업의 세금을 깎아주고 그들이 부담해야 할 몫을 고스란히 국민들한테 전가하고도 그 잘못을 모르는 오늘날 우리 사회의 위정자들과는 전혀 다른 사람이었다. 지난 일도 오히려 이와 같았는데 이때의 일이야 말해 무엇하겠나.(旣往尙如此(기왕상여차), 而況當時事(이황당시사))

선죽교 붉은 흔적에 붓 적셔서는

살았을 땐 죄인이었는데 죽고 나서는 천하의 위인으로 평가받는 사람이 있다. 포은(圃隱) 정몽주(鄭夢周, 1337-1392)가 바로 이런 사람이다. 훗날 조선의 태종(太宗)이 되는 이방원은 수하를 시켜 정몽주를 죽였다. 정몽주의 머리를 길가에 조리 돌리고 그의 죄목을 방에 써서 붙였다.

"조정의 언관(言官)을 꾀어 충성스럽고 어진 신하를 모함했다."

● 이랬던 이방원은 자신이 왕이 되자 정몽주한테 '영의정부사(領議政府事)' 벼슬과 문충(文忠)이라는 시호를 내려주었다. 이방원은 정몽주를 천하의 죄인에서 만고의 충신으로 둔갑시켰다.

철퇴에 솟구친 피 물속에 흩어지니
고기들도 성내어 뼛속까지 붉게 물들어.
선죽교 붉은 흔적에 붓 적셔서는
슬픈 노래 써서 영웅의 넋을 위해 눈물 흘린다.

血激轟椎走水中 혈격굉추주수중　羣魚拂鬱鯁皆紅 군어불울경개홍
持毫滿蘸橋痕紫 지호만잠교흔자　寫出悲詞泣鬼雄 사출비사읍귀웅

_朝鮮조선 李德懋이덕무, 1741–1793, '善竹橋선죽교, 선죽교에서',
『靑莊館全書청장관전서』 권 10

여전히 조선을 받아들이지 못하는 선비들을 회유할 필요가 있었고, 고려에 충성을 다했던 정몽주처럼 조선에도 그런 사람이 필요했기 때문이었다. 이후 정몽주는 중종(中宗) 12년(1517)에 공자(孔子)를 비롯한 우리나라의 유학자들을 모셔 놓은 문묘(文廟)에 배향되었다. 이런 과정을 거치면서 정몽주는 조선의 선비들에게 존경받게 되었고, 정몽주가 철퇴에 맞아서 죽은 선죽교는 충절을 상징하는 곳이 되었다. 덕분에 그의 고려를 향한 일편단심을 기리고, 죽음을 슬퍼하는 한시 작품들도 꽤 많이 나왔다.

이 작품도 그런 맥락에서 지어졌다. 다만 여타의 작품에 비해 조금은 더 처절하고 비장한 기운이 서려 있다는 점이 눈길을 끈다.

정몽주가 흘린 피에서 시상을 일으켜서 그런 것이 아닐까 한다. '피가 솟는(血激, 혈격)', '모두 붉게 물든(皆紅, 개홍)', '붉은 흔적(痕紫)'은 모두 피에 관계된 시어들이다.

이방원의 수하 조영규(趙英珪)는 정몽주가 타고 있던 말을 때려눕혔다. 정몽주가 낙마하자 고려(古呂)가 철퇴를 휘둘러 정몽주를 격살했다. '철퇴에 솟구친 피 물속에 흩어지니(血激轟椎走水中(혈격굉추주수중))' 라는 말은 굉음을 울리는 철퇴에 맞아 정몽주의 머리에는 피가 튀었고, 그 피는 선죽교 아래를 흐르는 물에 흘러들었다는 뜻이다.

'고기들도 성내어 뼛속까지 붉게 물들어.(羣魚拂鬱鯁皆紅(군어불울경개홍))', 정몽주의 죽음은 사람뿐 아니라 미물인 물고기까지 분노하게 한 억울한 일이었다. 이 구절은 강물에 스며든 정몽주의 피가 물고기를 붉게 물들였다는 것이 아니라 물고기까지 화가 나서 스스로 붉어졌다는 뜻으로 이해하면 되겠다.

선죽교에는 그때 정몽주가 흘린 핏자국이 현재까지 남아있다고 한다. 이덕무는 '선죽교 붉은 흔적에 붓 적셔서(持毫滿蘸橋痕紫(지호만잠교흔자))' 시를 쓰고 있다. 글씨를 쓰려면 붓을 적셔야 하는데 선죽교엔 혈흔밖에 없다. 붓을 적셔줄 핏물이 없다. 지금 이 자리에 핏물이 고여 있다고 가정하는 것이다. 정몽주의 피를 먹물 삼아 붉은 글씨를 쓴다. 무척이나 묘한 표현이다. 마지막 구에 보이는 '귀웅(鬼雄)'은 귀신의 우두머리라는 뜻인데, '명예를 위해 자신을 희생한 사람의 혼'이라는 의미로 쓰인다. 정몽주를 가리키는 말이다. 이덕무는 정몽주의 피로 슬픈 노래를 써서 그의 넋을 위해 눈물 흘렸다.(寫出悲詞泣鬼雄(사출비사읍귀웅))

자신의 의사와 상관없이 죄인이 되었다가 위인이 되어버린 정몽주, 만약 정말로 혼이 있다면 정몽주는 만족할지도 모른다. 후세 사람들이 자신의 진심을 알아주었기 때문이다. 정몽주는 그나마 괜찮다. 그런데 지금 우리나라엔 억울하게 죽었는데 한쪽에서 조롱거리가 되는 사람이 있다. 살아 있을 때나 세상을 떠난 지금에도 그는 여전히 고초를 겪고 있다. 그의 죽음은 억울했다고 모든 사람이 인정하며 눈물지을 때가 오기는 할까? 어떤 이는 부르짖었다.

"국민이 죽여 놓고 무슨 국민장인가!"

나는 그 사람의 모든 것을 지지하지 않았다. 그럼에도 그 사람은 우리 사회에서 보기 드문 위인이었다는 사실을 인정하지 않은 적도 없다.

物

영물

태생이 천한 것도 부끄러운데

물 위에 둥둥 떠다니는 부평초는 정처 없이 떠도는 나그네의 모습이다. 겨울이 와도 푸른 잎을 지니고 있는 소나무는 세태에 흔들리지 않는 마음을 상징한다. 잎을 떨어뜨리지 않은 채 시들어가는 국화는 고결한 지조를 나타낸다. 이처럼 자신의 마음을 사물에 빗대어 표현하는 방식의 글쓰기는 옛날에서부터 지금까지 꾸준히 계속된다. 이것을 우의(寓意)라고 한다.

적막하고 거친 밭 옆에
활짝 핀 꽃들 가지를 눌렀구나.
장맛비 거치며 향기 다했고
보리바람 맞으며 그림자는 기울어.
수레 타신 귀한 분, 누가 봐주실까.

벌과 나비만 부질없이 엿볼 뿐.
태생이 천한 것도 부끄러운데
사람에게까지 버려진 것 한스럽다.

寂寞荒田側 적막황전측 繁花壓柔枝 번화압유지
香經梅雨歇 향경매우헐 影帶麥風欹 영대맥풍의
車馬誰見賞 거마수견상 蜂蝶徒相窺 봉접도상규
自慚生地賤 자참생지천 堪恨人棄遺 감한인기유

_新羅신라 崔致遠최치원, 857-?, '蜀葵花촉규화, 접시꽃',
『孤雲集고운집』 권 1

● 최치원은 육두품(六頭品) 출신이었으므로 신라의 17관등 중 여섯 번째인 아찬(阿飡) 벼슬까지만 할 수 있었다. 태어날 때부터 한계가 정해져 있었던 셈이다. 이래서였을까. 그의 아버지는 12살의 어린 최치원을 당나라로 보낸다.

"십 년을 공부해서 과거에 급제하지 못하면 남들한테 내 아들이라고 말하지 마라. 나도 아들이 있다고 말하지 않을 게다. 가서 열심히 공부해라."

최치원은 6년 만에 당나라의 빈공과(賓貢科)에 장원급제했다. 벼슬길이 열리는 순간이었다. 그러나 당나라 사람들은 외국인인 최치원을 우대해주지 않았다. 2년 동안 대기발령 상태로 있다가 20세에 율수(溧水)라는 곳의 현위(縣尉)가 되었다. 1년 뒤에 사직하고 더 높은 단계의 시험 준비를 했지만, 생활비가 모자라 중도에 포기했다. 이후 고변(高騈)이라는 유력자의 휘하에 있으면서 유명한 '격황소서(檄黃巢書)'를 썼다. 이 격문을 쓴 공로를 인정받아 황제한테 벼슬을 받았지만, 황제는 최치원한테 실권을 주지 않았다. 외국인이었기 때문이다. 어쩔 수 없이 28세에 귀국하지만, 신라의 왕은 육두품인 최치원한테 높은 벼슬을 주지 않았다. 게다가 국내에서 공부한 관리들은 국외파인 최치원을 환영하지도 않았다.

'적막하고 거친 밭 옆에, 활짝 핀 꽃들 가지를 눌렀구나.(寂寞荒田側(적막황전측), 繁花壓柔枝(번화압유지))', 적막하고 거친 밭은 최치원의 천한 신분을 뜻한다. 아름다운 장미꽃은 아니지만, 활짝 핀 많은 꽃은 최치원이 가진 여러 장점을 가리킨다. 그래 본들 무엇하나. '장맛비 거치며 향기 다했고, 보리바람 맞으며 그림자는 기울어(香經梅雨歇(향경매우헐), 影帶麥風攲(영대맥풍의))' 버렸다. '매우(梅雨)'는 매실이 익을 무렵에 내리는 초여름 장맛비이고, '맥풍(麥風)'은 보리가 익을 무렵의 가을바람이다. 여기에서 장맛비와 보리바람은 접시꽃을 시들게 하는 자연현상이기도 하면서 최치원의 현실생활에 장애가 되는 현상이기도 하다.

이것도 견디기 힘들 지경인데 세상엔 자신을 믿고 기용해 줄 사람이 없는 현실까지 더해지니 더더욱 괴롭다. '수레 타신 귀한 분, 누가 봐주실까. 벌과 나비만 부질없이 엿볼 뿐(車馬誰見賞(거마수견상), 蜂蝶徒相窺(봉접도상규))'이다. 자기 능력은 무궁무진한데 신분이 낮다는 이유로 차별받고 버림까지 받으니 괴로움을 넘어 한스럽기까지 하다. 최치원은 끝내 아무것도 이루지 못하고 은거해 버렸다.

지금 우리 사는 세상에는 장미보다 '접시꽃 당신'들이 많다. 뛰어난 능력을 지니고도 가난하고 배경 없는 환경 때문에 그 기량을 펼치지 못하는 사람들이 너무나 많다. 장미들은 말한다.

"누가 접시꽃으로 태어나래?"

더 마음 아픈 건 자신이 장미인 줄 알고 접시꽃의 아픔을 외면하거나 심지어 상처까지 주는 접시꽃들이 주변에 활짝 피어있다는 사실이다.

하늘의 마음 씀씀이 공평하구나

보잘것없어 보이는 사물도 누가, 어떻게 보느냐에 따라 가치가 달라진다. 관심을 가지면 남들이 보지 못한 좋은 점을 찾아낼 수도 있다. 이렇게 하나하나에 집중하다 보면 이 세상엔 의미 없이 존재하는 것은 하나도 없다는 결론에 이르게 된다.

어딜 가나 핀 들꽃, 이름은 모르지만
초동과 목수의 시야 환히 빛나지.
꼭 상림원(上林苑) 꽃들만 부귀하겠나?
하늘의 마음 씀씀이 공평하구나.

野花隨處不知名 야화수처부지명　蕘叟樵童眼界明 요수초동안계명
豈必上林爲富貴 기필상림위부귀　天公用意自均平 천공용의자균평

_高麗고려 李穡이색, 1328–1396, '野花야화, 들꽃',
『牧隱藁목은고』, 「牧隱詩藁목은시고」 권 23

● 목은(牧隱) 이색(李穡)은 고려후기를 대표하는 대문호이면서 대학자이기도 하다. 고려와 조선의 교체기에 살면서 이성계, 정도전을 비롯한 신흥세력의 반대편에 서서 고려를 부지하려 했던 사람이었다. 알다시피 고려는 망했고, 이색은 망국대부(亡國大夫)로 자처하며 불우하게 살다 죽었다.

이색은 조선의 국교(國敎)가 되는 성리학(性理學)에 정통한 학자로서 조선 건국을 주도한 사대부들의 스승이자 대선배였다. 다만, 많은 성리학자가 불교를 배척했지만, 이색은 불교를 버리지 않고 자신의 신앙으로 삼았으며, 불교의 넓고 깊은 지식을 지니고 있었다. 성품 역시 이처럼 한쪽으로 치우치지 않고 온화하고 공평해서 많은 이들의 존경을 받았다. 한편 훗날 조선의 퇴계(退溪) 이황(李滉)은 '목은의 학문엔 불교의 색이 있어서 순수하지 못하다'는 평을 하기도 했다.

이 짧은 작품 하나로 이색이 남긴 6,000여 수의 시의 특징을 모두 설명할 수는 없다. 다만 이색의 성품과 사물을 보는 관점을 살짝 엿볼 수는 있다. 이색은 남들이 눈여겨보지 않는 사물, 가치가 없다고 생각하는 사물에도 그만의 가치가 있다고 생각했다. '어딜 가나 핀 들꽃, 이름은 모르지만, 초동과 목수의 시야 환히 빛나지.(野花隨處不知名(야화수처부지명), 蕘叟樵童眼界明(요수초동안계명))', 흔해빠진 들꽃이지만, 나무하는 어린아이(樵童, 초동), 땔나무 하러 온 늙은이(蕘叟, 요수)한테는 시야를 밝게 해주는 사물이다. 이색은 들꽃의 존재 이유를 여기에서 찾은 것이다.

상림원(上林苑)은 옛 궁궐에 딸린 정원의 이름인데 왕이 소유한 정원을 뜻한다. 당연히 이곳엔 흔히 볼 수 없는 기화요초(琪花瑤草)가 가득하겠다. 모든 이들은 이런 왕의 정원을 부러워한다. 그런데 이색은 '꼭 상림원(上林苑) 꽃들만 부귀하겠나?(豈必上林爲富貴(기필상림위부귀))'라고 묻는다. 부귀는 사람이 만들어 놓은 많은 가치 중 하나일 뿐이다. 게다가 생각하기에 따라 그것에 대한 가치기준도 달라진다. 들꽃이라고 해서 빈천해야 한다는 법이라도 있는가.

'하늘의 마음 씀씀이 공평하다.(天公用意自均平(천공용의자균평))'는 말을 두고 '체제에 순응하고 그에 맞춰 살라고 하는 것 아니냐'고 할 수도 있겠다. 현실에선 엄연히 부귀와 빈천에 따른 차별이 존재하는데 여기에 눈을 감고 체념하라는 것인가. 이색은 신분의 구별이 확실하던 때를 살았던 사람이니 그렇게 읽고 넘겨 버려도 괜찮다.

"하늘은 봉급이 없는 사람을 내지 않고, 땅은 이름 없는 풀을 기르지 않는다."(天不生無祿之人(천불생무록지인), 地不長無名之草(지부장무명지초))

_『명심보감(明心寶鑑)』

그러나 그보다는 세상에 의미 없는 것은 하나도 없다는 뜻으로 읽는 것도 나쁘지 않을 것 같다.

物·三

그윽한 향기는 황혼의 달빛 속에 일렁인다

대학원 박사과정에 다니던 늦겨울 어느 날, 선생님과 함께 산사에 들른 적이 있다. 둘이서 나란히 걷는데 앞에 나무 한 그루가 나타났다. 찬바람을 타고 살짝 좋은 냄새가 실려 왔다. 나는 그 나무를 지나쳐 버렸는데 선생님은 그 앞에 멈춰 섰다.

"자네 이리 와보게. 참 예쁘고 향이 좋네."

"네? 그게 뭔데요?"

"아니, 이 사람아. 이거 매화잖아. 매화도 모르는가? 한시를 읽으면서……."

"앗, 그렇군요. 이러면서 지금까지 매화 시를 읽어왔네요. 하하."

"지금이라도 알면 됐네. 잠깐 서서 살펴보게."

뭇 꽃들 졌어도 홀로 곱게 피어선
작은 동산에서 아름다운 정취를 독차지했네.
성긴 그림자는 맑고 얕은 물에 가로 비껴있고
그윽한 향기는 황혼의 달빛 속에 일렁인다.
흰 새가 내려앉으려 할 때 먼저 엿보고
흰 나비도 안다면 넋을 잃으리라.
다행히 나직한 읊조림 있어 서로 친할 만하니
풍악 울리며 술 마시는 일 필요치 않아.

衆芳搖落獨暄妍 중방요락독훤연　占盡風情向小園 점진풍정향소원
疏影橫斜水淸淺 소영횡사수청천　暗香浮動月黃昏 암향부동월황혼
霜禽欲下先偸眼 상금욕하선투안　粉蝶如知合斷魂 분접여지합단혼
幸有微吟可相狎 행유미음가상압　不須檀板共金尊 불수단판공금준

_宋송 林逋임포, 967-1028, '山園小梅산원소매, 동산의 작은 매화',
『林和靖集임화정집』 권 2

한시에 가장 많이 등장하는 꽃은 매화다. 시인 치고 매화를 읊지 않은 사람이 거의 없을 정도다. 시인의 취향에 따라 매화 이외의 꽃을 더 많이 읊은 경우도 있지만, 전반적으로 작품의 양에서 매화를 따라갈 꽃은 거의 없다고 봐도 무방하다. 매화는 추운 날에 다

른 꽃보다 먼저 꽃을 피우므로 시인들은 매화를 보며 봄을 떠올렸다. 이래서 매화는 새로운 생명의 시작을 상징하는 꽃이 되었다. 아울러 고결한 지조나 인품을 상징하는 꽃으로 간주하기도 한다.

임포는 매처학자(梅妻鶴子)라고 불리는 사람이다. 매화를 아내로 삼고, 학을 자식으로 삼고 산다는 뜻이다. 화정(和靖)은 송나라 인종(仁宗)이 내려준 시호다. 임포는 서호(西湖)라는 곳에서 20년 동안 은거하면서 매화를 심어 놓고 학을 키우며 살았다고 한다. 임포(林逋)의 이 시는 역대 작가들의 매화 시 중에 가장 뛰어난 작품이라는 평을 받고 있다.

'뭇 꽃들 졌어도 홀로 곱게 피어선, 작은 동산에서 아름다운 정취를 독차지했다.(衆芳搖落獨暄妍(중방요락독훤연), 占盡風情向小園(점진풍정향소원)'는 건 추위를 뚫고 피어난 매화가 다른 꽃들이 아직 피지 않은 가운데 단연 눈에 띈다는 뜻이다. 동산에 매화만 피어있는 풍경을 그려 놓았다.

이어서 시인은 조금 더 가까이에서 매화를 살펴본다. '성긴 그림자는 맑고 얕은 물에 비스듬히 비치고, 그윽한 향기는 황혼의 달빛 속에 일렁인다.(疏影橫斜水淸淺(소영횡사수청천), 暗香浮動月黃昏(암향부동월황혼))', 달빛을 받은 매화가 잔잔한 물에 비치는데 날이 어두워지자 매화 향기는 더욱 두드러진다. 앞의 구절은 매화의 고고한 자태를 그린 것이고, 뒤의 구절은 매화의 속성을 표현한 것이다. 후대 시인들은 특히 이 두 구를 매우 높이 평가했다. 여기에 나오는 '소영', '횡사', '청천', '암향', '부동', '황혼'은 후대의 매화 시에 거의 빠지지 않고 등장하는 시어가 되었다.

'흰 새가 내려앉으려 할 때 먼저 엿보고, 흰 나비도 안다면 넋을 잃으리라.(霜禽欲下先偸眼(상금욕하선투안), 粉蝶如知合斷魂(분접여지합단혼))', 매화의 모습과 향기는 사람에게만 감동을 주는 것으로 그치지 않는다. 무심한 새와 나비는 다른 화초 같으면 거리낌 없이 가서 앉겠지만, 매화한테는 그럴 수 없을 거라는 말이다. 임포가 얼마큼 매화를 아끼는지 짐작할 만하다. 이렇게 살고 있으니 임포에게는 속세에서 '풍악 울리며 술 마시는 일 필요치 않은(不須檀板共金尊(불수단판공금준))' 것이다.

세상일에 일정한 거리를 두고 임포처럼 사는 건 지금 세상에선 거의 불가능한 일일지도 모른다. 그만큼 세상살이는 만만치가 않다. 더구나 내 옆에 불행하게 사는 사람들이 부지기수인데 이를 외면하고 꽃이나 감상하고 있으려니 괜스레 마음이 무거워지기도 한다. 한시를 읽으면서 매화도 몰랐던 사실에 대한 구차한 변명이다. 나는 언제쯤 선생님처럼 매화 앞에서 발길을 멈추게 될까.

순식간에 창자 가르고 뇌를 부수니

"큰 쥐야 큰 쥐야.(碩鼠碩鼠, 석서석서)

내 기장을 먹지 마라.(無食我黍, 무식아서)

삼 년 동안이나 괴롭히고도,(三歲貫女, 삼세관여)

나를 봐주지 않네.(莫我肯顧, 막아긍고)"

『詩經(시경)』, 「魏風(위풍)」, '碩鼠(석서)'

백성이 임금의 가혹한 수탈을 견디지 못하고 나라를 떠나면서 부른 노래라고 한다. 큰 쥐는 임금을 가리키는 말이다. 중국의 가장 오래된 시가집 『시경(詩經)』에서 이 노래가 나온 뒤로 쥐는 가렴주구를 일삼는 관리, 사기꾼, 모리배 등을 가리키는 대표적 동물이 되었다.

나는 굶주려도 먹을 게 없는데
너는 내 양식을 축냈구나.
나는 추워도 입을 옷이 없는데
너는 내 옷을 물어 뜯어놨구나.
천지(天地)는 왜 이다지도 불인(不仁)한가.
이 악물을 낳아서 사람한테 해를 끼치네.
대낮에 멋대로 다니는 데다 매우 민첩하니
고양이가 있다 한들 어찌 감당하겠나.
내 너를 정말로 매우 미워하니
네 죄는 한 번 죽더라도 갚지 못할 게다.
순식간에 창자 가르고 뇌를 부수니
장탕(張湯)처럼 옥사 갖출 이 누가 있겠나.
아! 네놈들 씨를 말릴 수 없어
칼 잡고 일어나 앉아 눈물 흘릴 뿐.

我飢無食 아기무식　汝耗我糧 여모아량

我寒無衣 아한무의　汝穿我裳 여천아상

天地胡不仁 천지호불인　產此惡物爲人殃 산차악물위인앙

白晝橫行示便黠 백주횡행시편힐　縱有貓兒安敢當 종유묘아안감당

我實疾之甚 아실질지심　汝罪一死亦莫償 여죄일사역막상

刳腸碎腦不旋踵 고장쇄뇌불선종　誰復按具如張湯 수부안구여장탕

嗚呼未能殲汝類 오호미능섬여류　撫劍起坐涕淋浪 무검기좌체림랑

_朝鮮조선 李荇이행, 1478-1534, '有鼠日夜唐突設機獲而殺之 유서일야당돌설기획이살지, 쥐가 밤낮으로 당돌하게 설치기에 덫을 놓아 잡아 죽이다',
『容齋集용재집』 권 5

용재(容齋) 이행(李荇)은 연산군(燕山君)의 생모인 폐비(廢妃) 윤씨(尹氏)의 복권을 반대했는데 하필이면 주모자로 지목되어 극형을 당할 처지가 되었다. 주모자는 권달수(權達手)였다. 다른 사람들은 자신의 죄를 벗기 위해 노력했지만, 이행은 한마디도 하지 않고 버텼다. 결국, 죽도록 얻어맞고 충주로 유배를 갔다가 다른 일로 또 죄를 입어 노비로 떨어져 다시 함안으로 유배 갔다. 이때 그의 나이 27세였는데 이 시는 그즈음에 지은 것이다.

'나는 굶주려도 먹을 게 없는데, 너는 내 양식을 축냈구나. 나는 추워도 입을 옷이 없는데 너는 내 옷을 물어 뜯어놨구나.(我飢無食(아기무식), 汝耗我糧(여모아량), 我寒無衣(아한무의), 汝穿我裳(여천아상)', 시경의 '석서' 편에 나오는 쥐는 곡식만 갉아 먹고 말았는데 이 쥐는 옷까지 뜯어놓는다. '석서'를 노래한 백성은 나라를 떠났지만 나는 어디 갈 곳도 없다. 이렇게 우선 자신의 억울한 처지와 쥐의 죄상을 '석서' 편과 같은 형식을 빌려 툭 던져놓았다.

이후로부터 본격적으로 자신의 심사를 토로하기 시작한다. 하늘은 공평한 줄 알았더니 왜 나를 이 지경으로 몰아넣는가. 그것으로도 모자라 악인들은 '대낮에 멋대로 다니는데 매우 민첩하기까지(白晝橫行示便黠(백주횡행시편힐))'한가. 분통이 터져서 죽을 지경이다. 그래서 쥐덫을 놓아 잡아 죽이는 것으로 조금이나마 분노를 삭여보려 한다. 덫에 걸린 쥐를 '순식간에 창자 가르고 뇌를 부숴(刳腸碎腦不旋踵(고장쇄뇌불선종))' 버렸다. 정말 과격한 표현이다. 고문을 당하고 유배 온 것만도 억울한데 신분까지 노비로 떨어졌다. 쥐한테 분풀이했지만, 그러고도 화는 가라앉지 않는다. 나를 이 지경으로 만든 놈들은 살아있기 때문이다.

더 아픈 것은 내가 무언가 할 수 있는 일이 없다는 사실이다. '아! 네놈들 씨를 말릴 수 없어, 칼 잡고 일어나 앉아 눈물 흘릴 뿐(嗚呼未能殲汝類(오호미능섬여류), 撫劍起坐涕淋浪(무검기좌체림랑))'이다.

시에 나오는 '장탕(張湯)'은 중국 한(漢)나라 때의 사람이다. 아버지가 외출한 사이 집을 지키고 있었는데 쥐가 나타나서 고기를 먹어 버렸다. 아버지는 장탕이 고기를 먹은 줄 알고 매질을 했다. 장탕은 땅을 파 뒤져서 쥐가 먹다 남은 고기를 찾아내서는 쥐의 죄를 밝히는 글을 쓰고 감옥에서 쓰는 형구를 갖추어서 쥐를 찢어 죽여 버렸다고 한다. 이 와중에 고사를 집어넣어 시를 더 풍성하게 해 놓았다.

이행은 29세까지 노비생활을 했다. 29세 되던 해에는 압송해서 죽을 때까지 곤장을 치라는 명령이 내려와 목숨을 부지할 수 없게 되었다. 다행히 그 해에 중종반정(中宗反正)이 일어나 복직되었다. 이후 간신이었던 김안로(金安老)를 탄핵했다가 죄를 얻어 평안도 함종(咸從)으로 유배 갔다가 그곳에서 죽었다. 이행은 이 시의 기세처럼 강직하고 청렴한 재상이었다는 평을 받고 있다.

큰 쥐가 있는데도 그 쥐를 알아보지 못하는 사람이 두 명 중 한 명이다. '갑'이라 불리는 크고 작은 쥐들이 착하고 부지런한 사람을 물어뜯는다. 순식간에 창자 가르고 뇌를 부숴 한 번 죽이더라도 용서하지 못할 것이다.

이것이 혹 기울었다고 탄식하지 말게

남이 어려운 일을 겪어서 상심했을 때 '달이 차면 기우는 법'이라 하면서 위로하는 경우가 많다. 어찌 보면 세상 살면서 가장 자주 하게 되는 말이 아닌가 한다. 그만큼 우리 삶에는 굴곡이 많으니 그렇다. 그런데 막상 내가 어려움을 겪었을 때 저런 말을 들으면 무척 답답하다. 언제까지 기다리라는 말인가. 남의 일이라고 참 쉽게 말한다는 생각이 들기도 한다.

> 눈썹 같은 것이 거울처럼 커지다가
> 보름 지나면 가득 차게 되지.
> 가득 차면 반드시 기울고
> 기울면 다시 가득 차는 법.
> 자연의 변화는 이와 같으니

사람 일은 더욱 분명하여라.
저것이 가득 찼다고 부러워 말고
이것이 혹 기울었다고 탄식하지 말게.
일찍이 들으니 하늘과 귀신은
가득 찬 것을 항상 해친다더군.
달을 보고 나를 돌이켜 보면
같은 이치임을 그대는 알게 되리라.

如眉漸如鏡 여미점여경　三五方就盈 삼오방취영
盈而虧必至 영이휴필지　虧則盈還生 휴즉영환생
天道且如此 천도차여차　人情尤可明 인정우가명
莫羨彼之盈 막선피지영　莫嘆此或虧 막탄차혹휴
嘗聞天與鬼 상문천여귀　盈者常害之 영자상해지
見月反吾人 견월반오인　一理君其知 일리군기지

_朝鮮조선 鄭蘊정온, 1569–1641, ‘見新月견신월, 초승달을 보고’,
『桐溪集동계집』 권 1

● 어려운 상황에 부닥치게 되면 우선 억울한 마음이 일어난다. ‘내가 뭘 잘못해서 이런 일을 겪는 거지?’ 그리고는 곧바로 ‘저들은 나쁜 짓을 하고도 떵떵거리며 사는데 나는 그렇지 않은데 왜 이런

거지?'하고 생각한다. 남과의 관계 속에서 일이 생기는 경우가 많으므로 자연스럽게 남을 원망하는 생각이 고개를 든다. 그러나 정온(鄭蘊)은 '저것이 가득 찼다고 부러워 말고, 이것이 혹 기울었다고 탄식하지 마라.(莫羨彼之盈(막선피지영), 莫嘆此或虧(막탄차혹휴))'고 타이른다.

> "이곳은 참으로 별다른 지역이구나. 나처럼 죄를 지은 사람이 살기에 적합한 곳이다. 내가 전에 임금의 견책을 받고 경성판관(鏡城判官)이 되어 북쪽 변방으로 갔는데, 그 지역의 풍토도 괴상하였지만, 그곳은 여기에 비교하면 현격한 차이가 날 뿐만이 아니로구나. 죄에는 무겁고 가벼운 것이 있으므로 사는 곳에도 좋고 나쁜 것도 차이가 있는 것이다. (…) 아, 내 죄는 의심할 여지 없이 죽어 마땅한 것인데, 다행히 임금의 은혜를 입어 살아서 해도(海島, 제주도를 가리킴)로 보내졌다. 오늘 내가 그대들과 같이 웃으면서 말할 수 있는 것도 모두 은덕의 여파가 미친 것이니, 풍토가 좋고 나쁜 것에 대해 말할 겨를이 있겠는가."

_『동계집(桐溪集)』권2, 「대정현동문내위리기(大靜縣東門內圍籬記)」, 한국고전번역원의 번역 일부 수정

동계(桐溪) 정온(鄭蘊)은 1614년 영창대군(永昌大君)이 강화도에서 죽임을 당하자 상소를 올려서 영창대군을 죽인 강화부사

정항(鄭沆)의 목을 베고, 인목대비(仁穆大妃)를 폐위하자고 주장한 사람들을 변방으로 유배 보내야 한다고 주장했다. 그러나 이 일을 묵인한 광해군의 친국(親鞫, 왕이 직접 취조하는 일)을 받고 제주도로 유배 갔다. 왕과 유력자들에게 정면으로 도전했다가 참혹한 결과를 얻은 셈이었다. 이후 인조반정이 일어나서 풀려날 때까지 십 년 동안 제주도에서 위리안치(圍籬安置, 가택연금)를 당했다. 윗글은 그때 사정을 적어 놓은 것이다.

위의 글에서는 광해군을 원망하는 마음을 드러내지 않았지만, 자신의 행동은 옳았고, 왕과 그를 둘러싼 신하들의 행위는 잘못되었다고 믿었다. '하늘과 귀신은 가득 찬 것을 항상 해친다.(嘗聞天與鬼(상문천여귀), 盈者常害之(영자상해지))'는 말 속에는 이런 믿음이 들어 있다. 남을 원망하기보다는 자신의 결백을 믿는데 더 비중을 두리라는 뜻이겠다.

그럼 무작정 달이 찰 때까지 기다려야 하는가. 그 시간을 견디면서 우선 살아남아야 하고, 살아갈 준비를 해야 하겠다. 자연법칙은 세상일을 판단하거나 무언가를 다짐할 때 의지하는 것이지, 그 자체가 세상일을 결정해 주는 것은 아니다. 세상일은 노력해야 바뀐다. 이래서 정온은 갇혀 있는 그 십 년 동안 공부했고, 저술활동을 멈추지 않았다. 자신이 처한 자리에서 할 수 있는 일을 했다. 결국, 정온은 인조가 즉위한 뒤에 벼슬길에 나가게 되었다. 정온의 시나 글을 보면 이 사람이 어떤 자세로 세상과 마주하며 살았는지 짐작이 간다.

우리 사는 세상에도 보름달이 있고, 초승달이 있다. 그러나 보름달과 초승달을 구별하지 못하거나, 어느 것에건 관심을 두지 않는 사람들이 많은 현실이 무척 슬프다. 정의와 불의를 판단하지 못하고, 심지어 이에 무관심해 하는 상황. 어쩌면 '진짜 보름달'을 매우 늦게 보게 될지도 모르겠다. 할 수 있는 일을 하면서 참고 기다릴 수밖에 없다. 나는 자유로운 유배지에 산다.

빠른 것도 느린 것도 내 마음대로인데

지금이야 흔해빠진 자전거지만, 그걸 처음 본 옛사람들은 무척 신기하게 여겼을 것이다. 소나 말처럼 힘센 동물이 끄는 것도 아니고 사람이 모는 것인데 수레보다 빠르니 놀라기도 했을 것 같다. 이 물건을 현대시도 아닌 한시로 표현한 사람이 있다는 사실도 조금은 신기한 일이다.

손으로 핸들 잡고 발로는 페달 구르니
쏜살같이 내달리며 먼지도 일지 않네.
구태여 수레 끌며 여섯 필 말 괴롭히랴
빠른 것도 느린 것도 내 마음대로인데

手持機軸足環輪 수지기축족환륜　飄忽飛過不動塵 표홀비과부동진

何必御車勞六轡 하필어거로육비　自行遲速在吾身 자행지속재오신

_朝鮮조선 金得鍊김득련, 1852-1930, '獨行車독행거, 자전거',
『環璆唫艸환구음초』

김득련은 조선의 역관(譯官)이었다. 1896년 러시아의 황제 니콜라이 2세의 대관식에 참석하게 된 특사 민영환(閔泳煥)을 따라 1896년 4월 1일부터 동년 10월 21일까지 약 7개월 동안 러시아, 유럽, 그리고 대서양을 건너 미국을 다녀온 뒤에 시집 『환구음초(環璆唫艸)』를 남겼다. '환구음초'는 '지구를 돌고 난 후 쓴 시의 원고'라는 뜻이다. 이 시는 러시아의 모스크바에 갔을 때 자전거를 보고 쓴 것이다.

앞의 두 구는 보다시피 자전거를 타고 갈 때의 모습을 그려놓았다. '쏜살같이 내달리는데도 먼지가 일지 않는(飄忽飛過不動塵(표홀비과부동진))' 그림은 현대를 사는 우리한테는 매우 당연하겠지만, 김득련의 눈에는 신선함을 넘어 충격으로 다가오지 않았을까 짐작해 본다. 그들이 본 건 '구태여 수레 끌며 여섯 필 말 괴롭히는(何必御車勞六轡(하필어거로육비))' 것이 전부였기 때문이다.

김득련은 다른 작품을 통해 선진문물이 있는 서구에 비해 낙후된 조선의 사회상을 염려하는 생각을 드러내었다. 이 작품에서는 그런 마음을 드러내지 않고, 단순히 처음 보는 사물에 대한 신기함

을 담아낸 것으로 보이지만, 이동할 때 쓰는 힘의 양을 '한 사람'과 '여섯 마리 말'로 대비함으로써 간접적으로 이쪽과 저쪽을 비교하지 않았는가 한다.

땅속 대롱에서 열 길 물줄기 뿜어내니
수정 발이 마치 옥난간에 걸린 듯하네.
흩어지는 보석방울 끊임없이 솟아오르니
맑은 하늘에 비 내려 한여름이 시원하네.

地管高噴十丈瀾 지관고분십장란　水晶簾掛玉闌干 수정렴괘옥난간
沫汞濺珠飛不絕 말홍천주비부절　晴天亦雨夏猶寒 청천역우하유한

_'噴水管 분수관, 분수관', 『環璆唫艸 환구음초』

● '높이 뿜는(高噴, 고분)', '열 길 물줄기(十丈瀾, 십장란)'라고 해서 분수대를 처음 본 사람의 신기하고 놀라운 느낌을 잘 전달하고 있다. 아울러 분수대에서 나온 물줄기가 흩어지는 걸 보고 '수정 발이 마치 옥난간에 걸린 듯하네(水晶簾掛玉闌干(수정렴괘옥난간))'라고 한 표현은 무척 아름답게 느껴진다. '맑은 하늘에 비 내려 한여름이 시원하네.(晴天亦雨夏猶寒(청천역우하유한))', 분수대의 물이 시원스럽다는 표현이기도 하고, 맑은 날인데도 비가 내

리니 여름날인데도 마치 겨울 같다며 신기해하는 김득련의 마음을 드러낸 게 아닐까 한다.

우리는 매일 새로운 것을 아주 빠른 속도로 받아들이며 산다. 처음엔 신기하게 여기다가도 얼마 지나지 않아 자연스레 그것을 당연한 것으로 여기고 넘겨 버린다. 무언가에 대해 깊이 생각하는 건 사치로 치부하고 산다. 그러나 저처럼 당연해 보이는 것을 한 번 더 살펴보는 일을 통해 예상치 못한 사실을 알게 되거나, 깊이 있는 생각을 하게 되기도 한다. 좋은 문학작품, 세상을 놀라게 할 신제품은 모두 단순한 사물을 단순하게 보지 않는 태도를 지닌 사람한테서 나왔다.

시 번역은 최병준 선생님의 번역을 그대로 따랐음을 밝힙니다.

끝 탔어도
거문고 줄 매기엔 괜찮으니

뛰어난 재능을 지니고도 이를 알아주는 사람을 만나지 못해 평생을 불우하게 살다 가는 사람이 있고, 죽을 지경에 처해 있는데 우연히 도움을 얻어 살아난 것으로도 모자라 이후 탄탄대로를 걷는 사람이 있다. 굳이 나를 드러내지 않아도 자연스레 남들이 알아준다지만, 세상 돌아가는 걸 보면 꼭 그런 것 같지도 않다.

봉이 깃든 좋은 골격의 역산 남쪽 오동나무
쪼개서 땔감 만드니 다 타버릴까 한스러워.
다행히 소리 듣고 아궁이서 구해 내니
도랑 속에 묻혀 있던 좋은 질의 나무였지
서로 기다린 듯 사람은 그와 만날 운명이었고
물건 또한 때를 만나 저절로 통했구나.

끝 탔어도 거문고 줄 매기엔 괜찮으니
백개(伯喈)의 마음 솜씨 귀신의 공교함을 빼앗았구나.

鳳巢天骨嶧陽桐 봉소천골역양동　樵斧爲薪恨指窮 초부위신한지궁
猶幸賞音求爨下 유행상음구찬하　絕勝斷木在溝中 절승단목재구중
人將命會如相待 인장명회여상대　物遇時來亦自通 물우시래역자통
焦尾不妨絃玉軫 초미불방현옥진　伯喈心匠敓神工 백개심장탈신공

_朝鮮조선 車天輅차천로, 1556-1615, '爨下桐찬하동, 아궁이 속 오동나무',
『五山集오산집』 권 2

● 이 시 안에는 중국 후한시대의 학자인 채옹(蔡邕)에 얽힌 이야기가 담겨있다. 백개(伯喈)는 채옹의 자(字)다. 『후한서(後漢書)』 「채옹전(蔡邕傳)」에 나오는 이야기다. 채옹이 오(吳)나라에 있을 때였다. 어떤 사람이 오동나무를 아궁이에 넣고 태워 밥을 짓고 있었다. 채옹은 나무가 타는 소리를 듣고 대번에 이것은 양질의 재목임을 알아차렸다. 곧바로 그 사람한테 나무를 꺼내게 하고는 자기한테 팔아달라고 했다. 채옹은 그 오동나무로 거문고를 만들었다. 연주를 했더니 소리가 무척 아름다웠다고 한다. 그런데 아궁이에 들어가 있었으므로 나무의 끝 부분이 조금 탔다. 사람들은 이 거문고의 이름을 '초미금(焦尾琴, 끝 부분이 탄 거문고)'이라 불렀다.

옛사람들은 딸을 낳으면 오동나무를 심었다가 시집갈 적에 베어서 혼수를 만드는 데 썼다고 한다. 이처럼 오동나무는 사람의 옆에 늘 가까이 있으면서 사랑을 받은 나무였다. 장자(莊子)는 '봉은 오동나무에만 깃든다'는 말을 남기기도 했다. 그만큼 질이 좋은 나무라는 뜻이다. '역산 남쪽 오동나무(嶧陽桐, 역양동)'는 『서경(書經)』, 「우공(禹貢)」 편에 나오는데 역시 '좋은 오동나무'를 상징하는 말이다. 오동나무가 이 지역의 특산물이었다고 한다.

차천로는 채옹의 초미금 이야기를 통해 그의 특별한 능력을 감탄하는 데에 그치지 않고 다른 이야기를 더했다. '서로 기다린 듯 사람은 그와 만날 운명이었고, 물건 또한 때를 만나 저절로 통했구나.(人將命會如相待(인장명회여상대), 物遇時來亦自通(물우시래역자통))', 사람이건 사물이건 써 줄 사람과 쓰이게 될 때가 있다는 것이다. 제아무리 좋은 나무라고 한들 채옹이 아니었으면 땔감으로 일생을 마쳤을 것이고, 채옹 역시 이 나무가 아니었으면 좋은 거문고를 만들 수 없었을 것이다. 채옹과 오동나무의 만남을 '운명'이라 한 것이 조금 아쉽긴 하지만, 생각해보면 세상살이엔 사람의 힘만으로 안 되는 일이 분명 있다는 사실도 부인하기 어렵다.

이 시를 쓴 오산(五山) 차천로(車天輅) 역시 자신의 운명을 개척하지 못한 채 불우하게 살다 간 사람이었다. 우선 출신 지역이 좋지 않았다. 차천로는 개성사람이었다. 조선 시대엔 개성을 망한 나라 고려의 수도라고 하여 천시했다. 이러다 보니 이 지역 사람들도 사회적으로 차별을 받았다. 설상가상 차천로는 서른 살 되던 해에 여계선(呂繼先)이라는 사람을 대신하여 과거시험 답안지를 썼다가 적발되어서 국문을 받고 귀양을 갔다. 이 짓은 죽을죄에 해당할 정도로 중대한 일이었는데, 차천로의 재능을 아낀 선조(宣祖)가 형량을 줄여주었다는 말이 있다. 그러나 이 뒤에 차천로는 죽을 때까지 높은 벼슬을 하지 못했다.

문학 방면에서 차천로는 초미금 같은 사람이었다. 시에 뛰어나서 동시대 작가들의 극찬을 받았고, 일본이나 중국인들도 차천로의 시를 보고 매우 감탄했다고 한다. 짧은 시간에 많은 양을 쓰는 속필(速筆)의 재주도 있었다고 전해진다. 차천로 자신 역시 자부심이 매우 강했다.

> "만리장성에 종이를 붙여 놓고 말을 달려 붓을 휘두르게 한다면, 성은 때가 되면 끝날지 몰라도 나의 시는 끝나지 않을 것이다."
>
> _남용익(南龍翼), 『호곡시화(壺谷詩話)』

초미금은 채옹을 만나서 살아남았지만, 초미금과 같은 차천로는 끝내 자기 기량을 맘껏 펼치지 못하고 죽었다. 시험지 대필 사건 때문에 벌을 받았으니 이를 두고 자승자박이라 할 수도 있겠다. 그런데도 아쉬움은 남는다. '끝 탔어도 거문고 줄 매기엔 괜찮은 것' 아닌가? 나를 알아주는 사람을 만나는 것보다 나를 용서하는 사람을 만나는 것이 훨씬 더 어려워진 시절을 산다.

然

자연

높은 하늘 위에서
은하수가 떨어진 듯

풍경을 있는 그대로 묘사해서 독자의 감흥을 일으키는 시가 있다. 반면, 똑같이 표현하지 않았으면서도 독자의 상상력을 자극하여 풍경을 떠오르도록 하는 시도 있다. 예전부터 문인들 사이에서는 이 둘 중 무엇이 나은지를 두고 이런저런 이야기가 있었다. 약간 싱겁긴 하지만 무엇이 더 나은지 우열을 가리는 건 큰 의미가 없지 않을까 한다. 사람마다 취향이 다를 테니 그렇다.

해 비치는 향로봉에 붉은 안개일 때
멀리서 폭포를 바라보니 긴 냇물 걸어 놓은 듯.
날아 흘러 곧장 내리는 삼천 척의 물
높은 하늘 위에서 은하수가 떨어진 듯.

日照香爐生紫烟 일조향로생자연　遙看瀑布掛長川 요간폭포괘장천

飛流直下三千尺 비류직하삼천척　疑是銀河落九天 의시은하락구천

_唐 당, 李白 이백, 701–762, '望廬山瀑布 망여산폭포, 여산 폭포를 바라보며'
『李太白文集 이태백문집』 권 18

● 굳이 따지면 이 시는 자세히 묘사하지 않고도 독자가 풍경을 상상하도록 한 작품이라 할 수 있겠다. 풍경묘사보다는 절묘한 비유와 과장된 표현을 통해 폭포의 모습을 오히려 더 잘 드러냈다고 하겠다. 제목에서 알 수 있듯 이백이 폭포를 멀리서 바라보고 쓴 시다. 이백은 우리한테 이태백(李太白)이라는 이름으로 알려졌다. 태백은 이 사람의 자(字)다.

이백의 별명은 시선(詩仙)이다. '시의 신선'이라는 뜻이다. 이래서 이백의 시는 속세를 벗어난 듯 자유로운 시풍을 지니고 있다는 평을 받아왔다. 모든 작품이 그렇다는 건 아니고 이백을 대표하는 성격이 도가적(道家的)이라 이해하면 되겠다. 우리나라에서는 이백보다는 유가적(儒家的) 성향이 강한 두보(杜甫)의 시가 사랑받았다.

「望廬山瀑布(망여산폭포)」는 이백의 자유롭고 호방한 기질이 뚜렷하게 드러나는 시다. 우리한테도 비교적 널리 알려진 작품이다. 폭포의 물줄기를 보고 '긴 시냇물을 걸어 놓은 것 같다(掛長川, 괘

장천)'고 한 건 무척 절묘한 표현이다. 가로놓인 시냇물을 세로로 세워 놓았다. '길다'고 한 대목에서 '이 폭포는 무척 웅장하겠구나' 하는 짐작을 하게 만든다.

'날아 흘러 곧장 내리는 삼천 척의 물(飛流直下三千尺(비류직하삼천척))', 그 길이는 무려 삼천 척이나 된다. 물론 이건 과장이다. 그런데 이 과장이 꽤 자연스럽게 다가온다. 이백은 이 표현을 통해 앞서 '길다'고 한 것을 좀 더 구체적으로 느낄 수 있도록 한 것이다. '날아 흘러 곧장 내린다(飛流直下(비류직하))'라고 한 데에서는 생동감과 호쾌함을 동시에 느낄 수 있다.

점입가경이다. 이백은 여기에서 머물지 않고 폭포의 모습을 더욱 과장한다. 이 폭포는 인간 세계의 것이 아니다. '높은 하늘 위에서 떨어진 은하수'다. 인간세계를 벗어난 무한의 자유를 느끼게 한다. '의시(疑是)'는 '아마 그러했을 것이다' 정도로 풀이되므로 비유임이 틀림없지만, 마지막 구는 자연스레 독자의 감상 폭을 넓히고 상상력을 자극하는 데 일조하고 있다. 이처럼 이백은 작품 속에서 탈 속세를 추구했다.

자연을 대하는 사람의 마음은 모두 제각각이다. 누가 명령하지 않아도 저절로 조화를 이루며 사는 자연물을 통해 '우리 삶도 그러했으면'이라 생각하면서 그 시선을 인간 세계로 돌려 현실의 부조리를 탄식하기도 한다. 자연물의 생태를 통해 삶의 교훈을 얻기도 한다. 자연물 그 자체의 아름다움에 취하기도 하고, 인간 세계를 벗어나 자연 속에 살고 싶어 하기도 한다. 그러므로 이 시는 마음 가는 대로 읽어야 한다. 설명은 설명일 뿐이다.

하늘 끝을 바라봤지만
내 집 보이지 않아

'시참(詩讖)'이라는 말이 있다. 시에 예언이 담겼다는 뜻이다. 자신도 모르게 시 속에 자신의 미래를 예언하는 것을 뜻한다. '나 언젠가 벼슬 관두고 이 산에 와야지'라고 했는데 과연 뒷날에 벼슬을 그만두고 그곳에 간다거나, '나는 꼭 재상이 되고 말거야' 했는데 실제로 재상의 되기도 하는 경우가 있다. 시 속에 우울한 정서를 담았는데 나중에 불의의 죽임을 당한 사람이 있기도 하다. 물론 이런 결과를 곧이 곡대로 신뢰할 수는 없다. 다만, 워낙 이런 경우가 많아서 '시참'이라는 말이 생겼으리라.

> 사람들이 "해 지는 곳이 하늘 끝이다" 해서
> 하늘 끝을 바라봤지만 내 집 보이지 않아
> 푸른 산이 막아선 것, 한스러웠는데

푸른 산마저 저녁 구름에 가려지다니.

人言落日是天涯 인언낙일시천애　望極天涯不見家 망극천애불견가

已恨碧山相阻隔 이한벽산상조격　碧山還被暮雲遮 벽산환피모운차

_宋송 李覯이구, 1009~1059, '鄕思향사, 고향생각', 『宋詩鈔송시초』 권 44

이 시를 쓴 이구(李覯)의 운명이 그러했다고 한다. 이 작품을 두고 『송시기사(宋詩紀事)』에서는 이렇게 말했다.

"어떤 사람이 말했다. "이 시에는 겹겹의 장애가 있다. 아마 이구의 삶은 불우할 것이다." 뒷날 보니 과연 그 말과 같았다."

누구나 보는 산천이라 해도 보는 사람의 마음에 따라 각각 다른 모습으로 보이거나 느껴진다. 고즈넉하고 여유로운 저녁의 풍경인데 '향수(鄕愁)'가 끼어들면서 슬픈 그림이 되어 버렸다. '떨어지는 해(落日, 낙일)', '하늘 끝(天涯, 천애)', '막아서는(阻隔, 조격)', '저녁 구름에 가려진(暮雲遮, 모운차)' 등의 시어를 통해 시인의 고향은 이곳에서 아주 멀리 떨어져 있고, 그곳에 가고 싶어도 공간은 물론 시간적인 장애도 있는 그의 상황을 짐작할 수 있다. 자신이 처한 상황을 자연의 풍경을 통해 우회적이면서도 적극적으로 표현

한 시라 하겠다.

'이 시에는 겹겹의 장애가 있다'고 한 어떤 사람의 평가는 무척 적절하다고 본다. 시인의 시야가 먼 곳에서부터 가까운 곳으로 조금씩 좁아지면서 자신의 처지를 더욱 구체화하고 있다. 자신이 가야 할 곳은 하늘 끝인데, 거기에 가려면 산을 넘어야 한다. 산을 넘으려 하니 그마저 구름에 가려져 버려 갈 방법이 영영 차단되어 버렸다는 것이다. 이렇게 읽으면 이 시는 매우 절망적인 정서를 담은 작품이라 할 수 있겠다.

'시참'인지 아닌지는 쓰는 사람은 알 수가 없다. 그 사람의 시를 읽은 독자가 '시참'이라고 판단하는 것이니까 그렇다. '시참'대로 이루어진다면 누구라도 긍정적인 내용을 담으려 했을 것이다. 시 때문에 사람이 불행해졌는가? 아니면 사람이 불행했기 때문에 시도 그렇게 읽히는 것인가? 내가 이 글을 쓰는 건 원래부터 정해져 있던 것인가? 아니면 어쩌다 우연히 쓰게 된 것인가? 사람의 일은 참 알 수가 없다.

하늘을 보니 어두운 밤인데 별은 보이지 않고 바람은 차다. 시참이 될까 봐 쓸까 말까 망설였다.

샘물은 높고 큰 바위에서 목메어 울고

일반적으로 자연을 주제로 한 시를 보면 아름다운 풍경을 직간접으로 묘사하여 독자들에게 한 폭의 그림을 연상하도록 한 작품이 많다. 독자에 따라 그림의 내용은 다를지 몰라도 '시중유화(詩中有畵)'라 하여 '시 속에 그림이 있는 듯한' 작품이 좋은 평을 받아왔다. 이제 읽을 시는 시중유화를 넘어 그림 속에 또 그림이 있는 듯하고, 마치 내가 그림 속을 걷는 것 같은 느낌을 주는 작품이다.

향적사(香積寺)가 어디인 줄 모르는 채
구름 덮인 봉우리 속 몇 리를 들어간다.
고목 우거졌을 뿐 길은 없는데
깊은 산 어느 곳에선가 들려오는 종소리.
샘물은 높고 큰 바위에서 목메어 울고

햇살은 푸른 소나무에 싸늘히 비친다.
저물녘 텅 빈 연못 구비에서
안선(安禪)하며 독룡(毒龍)을 제어하리라.

不知香積寺 부지향적사　數里入雲峰 수리입운봉
古木無人徑 고목무인경　深山何處鐘 심산하처종
泉聲咽危石 천성열위석　日色冷靑松 일색냉청송
薄暮空潭曲 박모공담곡　安禪制毒龍 안선제독룡

_唐 당, 王維 왕유, 701–759, '過香積寺 과향적사, 향적사를 지나며',
『全唐詩 전당시』 권 126

● 시불(詩佛, 시의 부처)이라는 별명을 가진 왕유의 작품이다. 왕유의 자(字)는 마힐(摩詰)이다. 마힐은 불경인 『유마힐경(維摩詰經)』에 등장하는 주인공 유마힐의 이름에서 따온 것이다. 별명과 자에서 보이듯 왕유의 시에는 불교 색이 짙은 작품이 많다. 이 작품도 마찬가지다.

'고목 우거졌을 뿐 길은 없는데, 깊은 산 어느 곳에선가 들려오는 종소리.(古木無人徑(고목무인경), 深山何處鐘(심산하처종))', 그렇지 않아도 3구까지 읽으면서 머릿속에 그림을 그리려던 참인데, '종소리'를 넣음으로써 청각까지 자극함은 물론 독자가 마치 산 속에 있는 것처럼 느끼게 해주고 있다. 이 산 어디엔가 향적사가 있겠구나.

여기에서 향적사를 찾아버리면 흥취가 떨어질 것이다. 절이 어딘 줄 모르고 헤매다가 종소리를 듣고 절을 찾아간 것으로 이야기를 맺어 버린다면 여기에 무슨 재미가 있겠는가. 좀 더 이 산속을 배회해 보기로 한다. '샘물은 높고 큰 바위에서 목메어 울고, 햇살은 푸른 소나무에 싸늘히 비친다.(泉聲咽危石(천성열위석), 日色冷青松(일색냉청송))', 후대의 시인들은 이 두 구를 극찬해 마지않았다. 청(淸)나라의 조전성(趙殿成)이라는 사람은 그의 책 『왕우승집전주(王右丞集箋注)』에서 이렇게 말했다.

"어딜 가나 있는 샘물인데 그 소리를 '목메어 운다'고 해서 다른 것과 구별해 놓았고, '햇빛이 차다'고 해서 이곳의 경치를 더욱 깊이 있게 표현했다"

마지막 '안선하며 독룡을 제어하리라.(安禪制毒龍(안선제독룡))'에서 '안선'은 바로 앉아 선정(禪定)에 드는 것을 뜻하고, '독룡(毒龍)'은 진짜 살아 있는 용이 아니라 망상(妄想)을 상징하는 시어다. 반드시 이곳이 절 근처라서가 아니라 깊고 고요한 곳에 있으므로 자연스레 이런 마음 상태가 된다는 것을 의미하는 것이겠다.

자연의 그윽함과 마음의 고요함이 잘 어우러져 있으며, 고요한 가운데에도 무언가 살아있는 느낌을 주는 작품이라 할 수 있겠다.

반 이랑 네모난 연못
거울처럼 트였는데

대학원에 다닐 때 학부생들을 따라 학술답사에 참가한 적이 있다. 일행은 충남 논산에 있는 명재(明齋) 윤증(尹拯, 1629-1714)의 고택을 방문했다. 집으로 들어가는 길에 연못이 있었다. 아무 생각 없이 지나치는데 선생님 한 분이 그곳에 멈춰 섰다.

"재욱아, 이 연못 보니 떠오르는 거 없나?"
"네? 그냥 연못이네요? 여기에 무슨 사연이라도……."
"연못을 사각형 모양으로 팠잖아."
"네. 지금 보니 그러네요? 그래서요?"
"아이고, 하하하, 재욱아!"
"……."

반 이랑 네모난 연못 거울처럼 트였는데
하늘빛 구름 그림자 함께 배회하네.
묻는다. 어찌하여 이토록 맑은가.
근원에서 생수가 솟아나기 때문이지.

半畝方塘一鑑開 반무방당일감개　天光雲影共徘徊 천광운영공배회
問渠那得淸如許 문거나득청여허　爲有源頭活水來 위유원두활수래

_宋송 朱熹주희, 1130–1200, '觀書有感관서유감, 책을 보다가 느낌이 있어',
『宋詩鈔송시초』 권 60

성리학(性理學)의 집대성자 주희의 시다. '네모난 연못(方塘, 방당)'은 정사각형(方, 방)처럼 바르고 단정한 사람의 마음을 가리킨다. 또는 그렇게 되겠다는 의지의 표현이기도 하다. 사람의 마음을 물에 비유하는 건 비교적 흔히 볼 수 있지만, 네모라서 해서 모양까지 나타낸 것이 조금은 특이하다고 하겠다. 네모는 가리키는 방향이 뚜렷하고, 각이 분명하다. 이를 통해 주희가 자신을 대하는 태도가 매우 엄격했음을 짐작할 수 있다.

'하늘빛 구름 그림자 함께 배회하는(天光雲影共徘徊(천광운영공배회))' 건 연못에 비친 풍경이다. 흔한 풍경이긴 하지만, 이것은 사심(私心)이 없는 순수한 상태를 나타낸 것이다. 사심이 없으

니 자연현상을 있는 그대로 받아들일 뿐이다. 모든 것이 순리대로 운행하는 모습을 나타내고 있기도 하다.

'묻는다. 어찌하여 이토록 맑은가(問渠那得淸如許(문거나득청여허))' 한 것은 '어떻게 하면 마음을 맑은 상태로 유지할 수 있는가'로 바꿔서 읽을 수 있다. '근원에서 생수가 솟아나기 때문이지(爲有源頭活水來(위유원두활수래))', 연못에서 새로운 물이 끊임없이 솟아나는 것처럼 자신 또한 내면 수양을 멈추지 않겠다는 말이다. 자연물과 자연현상을 마음과 공부하는 자세에 비유한 것도 훌륭하지만, 평생토록 쉬지 않고 수양하며 살다 간 주희의 삶에 고개를 숙이게 하는 작품이라 하겠다.

이 시의 제목은 「觀書有感(관서유감)」이다. 주희가 책을 보다가 느낀 것이 있어 쓴 작품이다. 그런데 주희의 성리학을 전공했던 우리나라 조선의 선비들은 이 시를 '방당시(方塘詩)'라고 부르며 애송했다.

> "'반무방당일감개(半畝方塘一鑑開), 천광운영공배회(天光雲影共徘徊)'라고 한 주자(朱子)의 시 구절에 영향을 받아서 조선 선비들 집에 있는 연못은 이렇게 모가 난 것이 많지. 나중에 어디 가게 되면 유심히 보게."

이후에 여기저기 다니면서 보니 과연 선생님 말씀과 같았다. '사대주의(事大主義)' 또는 '공리공론(空理空論)'이라고 일축하기보다는 바르게 살고자 했던 옛사람의 마음 씀씀이에 주목해서 이 시를 읽어주었으면 하는 바람이다.

가는 사람이 출발하려 할 때 또 뜯어보았지

옥에 갇힌 춘향이는 이몽룡한테 보내는 편지를 써서 방자 편에 보낸다. 이미 과거에 장원급제해서 암행어사가 된 이몽룡은 거지 행색을 하고 남원으로 내려온다. 이때 편지를 가지고 가던 방자와 만난다. 이몽룡은 방자한테 '편지를 좀 보자'고 한다. 방자는 이몽룡을 못 알아보고 편지를 보여주려고 하지 않는다. 이몽룡은 뜬금없이 방자한테 '행인임발우개봉'이라는 말도 있으니 편지를 보여 달라고 한다. 방자는 머쓱해 하며 편지를 내 준다.

"그 양반 몰골은 흉악하구만 문자 속은 기특하오. 얼른 보고 주오."

"호로자식이로고."

낙양성 안에서 가을바람을 보고
집에 보낼 편지 쓰려는데 생각만 만 겹이다.
그 와중에 급하게 쓰느라 말을 다 못한 듯하여
가는 사람이 출발하려 할 대 또 뜯어보았지.

洛陽城裏見秋風 낙양성리견추풍　欲作家書意萬重 욕작가서의만중
復恐匆匆說不盡 부공총총설부진　行人臨發又開封 행인임발우개봉

_唐당 張籍장적, 766-830, '秋思추사, 가을 생각',
『唐詩品彙당시품휘』 권 51

● '행인임발우개봉(行人臨發又開封)'은 편지를 쓴 사람이 그래도 혹시 못다 한 말이 있는가 싶어 그쪽으로 가는 사람이 출발하려 할 때 다시 봉투를 뜯고 편지 내용을 확인한다는 말이다. 고향과 가족을 생각하는 마음이 들어 있는 시구라 하겠다. 이런 뜻인데 이몽룡은 '사람이 출발할 때 편지봉투를 열어 봐야 한다'는 식으로 말한 것이다. 시구의 뜻을 재치 있게 바꿔 놓았다.

'가을바람(秋風)'에는 '쓸쓸함', '근심', '그리움' 등 비교적 무거운 정서가 들어있다. 그것에 맞게 장적은 가을바람 속에서 '향수(鄕愁)'를 꺼냈다. 바람은 눈에 보이지 않는 것인데 '가을바람을 본다(見秋風, 견추풍)'고 한 것이 눈에 띈다. '견(見)' 안에 낙양성의

가을 풍경을 함축해 놓은 것이라 할 수 있겠다. 쉽게 읽히지만, 표현하기 쉽지 않은 구절이다.

고향에 있는 식구 생각이 난 장적은 편지라도 써야겠다고 마음먹는다. 그러나 하고 싶은 말은 많은데 머릿속에 생각만 맴돌 뿐 글이 내려가지 않는다. '생각만 만 겹이다(意萬重, 의만중)'라는 말 속에는 식구에 대한 갖가지 생각과 함께 마음먹은 대로 글을 쓰지 못하는 장적의 답답함이 스며있다.

옛날엔 우체국이 없었다. 편지를 보낼 곳으로 가는 사람이 있으면 그에게 편지를 맡긴다. 이런 사람이 매일 있는 것이 아니므로 운 좋게 나타났을 때 급하게(匆匆, 총총) 써야 한다. 이러니 다 써 놓고도 못내 아쉬운 마음이 든다. 먼 길 떠날 사람이 기다리든 말든 일단 '가는 사람이 출발하려 할 대 또 뜯어 볼(行人臨發又開封(행인임발우개봉))' 수밖에 없는 것이다. 상황을 보여주는 것만으로 고향을 그리는 애틋한 마음을 잘 드러낸 작품이라 하겠다.

이런 내용인데 '춘향전'의 작자는 이 시를 해학으로 풀어냈다. 그만큼 일반에게 널리 알려졌다는 방증이겠다. 지금의 독자들은 이 시를 어떻게 읽을 것인가.

꽃은 얼마나 떨어졌을까

중학생이던 시절, 음악 시간에 비발디의 '사계' 중 '봄'을 들었다. 나비가 요리조리 날아가기도 하고, 천둥 번개 치는 광경이 떠오르기도 했다. 귀가 눈의 역할까지 해 준 셈이다. 물론 나한테 뛰어난 감각이 있어서 봄날 풍경을 그려낸 것은 아니었다. 중간중간 선생님이 해설을 덧붙여 주셔서 '그렇구나' 하면서 들을 수 있었다.

봄날 늦잠에 날 새는 줄 몰랐는데
여기저기서 새소리가 들린다.
간밤에 비바람 소리 들렸는데
꽃은 얼마나 떨어졌을까.

春眠不覺曉 춘면불각효　處處聞啼鳥 처처문제조
夜來風雨聲 야래풍우성　花落知多少 화락지다소

_唐당 孟浩然맹호연, 689-740, '春曉춘효, 봄날 새벽에',
『孟浩然集맹호연집』 권 4

● '새소리(啼鳥, 제조)'와 '비바람 소리(風雨聲)'로 봄날의 경치를 훌륭하게 그려냈다. 글로 썼으니 이 소리는 '들리지 않는 소리'인 셈이다. 시에서 시각, 청각 등을 자극하는 시어를 쓰는 건 일반적이므로 아주 특별하다고 하긴 어렵지만, '소리'를 쓰는 것만으로 독자들이 풍경을 그려내도록 한 솜씨와 착상은 무척 기발해 보인다. 더 눈길을 끄는 것은 맹호연이 있는 곳이 바깥이 아닌 방 안이라는 점이다. 방에 있으니 밖의 풍경을 볼 수 없다. 그런데도 눈앞에서 보고 있는 것처럼 써 놓았다. 여기까지 생각하고 읽으면 더욱 재미있게 읽을 수 있겠다.

'봄날 늦잠에 날 새는 줄 몰랐는데, 여기저기서 새소리가 들린다(春眠不覺曉(춘면불각효), 處處聞啼鳥(처처문제조))', 날 새는 줄 모르고 정신없이 자다가 새소리를 듣고 깼다는 말이다. 날 이 샌 것을 '소리'로 표현했을 뿐이지만, 이 안에는 이미 그림이 들어있다. 봄날의 청량한 느낌이 전해지는 듯하다.

'간밤에 비바람 소리 들렸는데, 꽃은 얼마나 떨어졌을까.(夜來風雨聲(야래풍우성), 花落知多少(화락지다소))', 위의 두 구를 보고 맹호연은 깊이 잠든 줄 알았는데 실은 그게 아니었다. 잠결에 어렴풋이 소리를 듣고 '아, 밖에 비가 오는가 보구나' 하면서 잠깐 깨기도 했다. 그리고는 다시 저절로 잠이 들었다. 자연스럽고 여유가 있는 표현이라 하겠다.

맹호연은 과거에서 낙방한 이후 계속해서 수도인 장안에 머물면서 벼슬을 구했지만 끝내 벼슬을 하지 못하고 낙향해서 은거 생활을 하다 세상을 떠났다. 대신에 시인으로 명성을 얻어 당대의 유명한 시인이었던 왕유(王維), 장구령(張九齡) 등과 교유하며, 이들과 어깨를 나란히 했다. 문학사에선 맹호연을 왕유와 더불어 당나라를 대표하는 산수전원시(山水田園詩) 작가로 칭하고 있다. 「春曉(춘효)」에서 보이듯 맹호연의 작품에는 자연에서의 한적한 삶을 노래한 것이 많다.

한편 맹호연의 이 시를 두고 조선의 이수광(李睟光)은 『지봉유설(芝峯類說)』에서 '궁하다'고 평했으며, 중국 명나라의 도종의(陶宗儀)라는 사람은 그의 책 『설부(說郛)』에서 '장님' 같다고 혹평하기도 했다. 평생 벼슬을 하지 못한 맹호연의 삶이 이런 평을 나오도록 한 원인일 것이다.

그래도 「春曉(춘효)」는 맹호연의 대표작으로 널리 알려졌다. 이 시를 읽으면 봄날의 풍경이 자연스레 펼쳐진다. 청량감과 한적함을 동시에 느낄 수 있다. 무엇보다 이 작품은 쉬운 말을 쓰면서 그 안에 깊은 느낌을 담아냈기에 더 좋은 작품이라 할 수 있겠다.

자연에는 즐거운 일 많으니

사람은 자연 속에서 살고 있기에 '사람'과 '자연'을 분리하는 건 어찌 보면 무의미할지도 모를 일이다. 그런데도 작가들은 이를 둘로 나누어 놓는다. 이럴 때의 자연은 자연 그 자체를 의미하기도 하고, '속세와는 다른 세상'을 가리킨다. 옛사람들은 이해득실로 가득 찬 속세를 벗어나 자연 속에서 살고자 했다.

다만 조건이 있었다. 세상에서 자기 소신을 맘껏 펼친 이후에 여생을 자연 속에서 지내려 했다. 역사를 보면 이 꿈을 이룬 사람이 그다지 많지 않다. 이래서 자연 속의 삶은 더욱 동경의 대상이 되었다. 어쨌건 물러나서 살면 세상을 객관적으로 보게 되고, 자신의 삶의 흔적도 반추해 보게 된다. '내가 그때 왜 그렇게 조급했지?', '부귀영화, 그 부질없는 것에 내 생을 허비했구나' 하고 생각한다.

초가집은 시냇가에 자리하고
사립문은 청산과 마주했다.
손님 오자 놀란 학 울음 들리고
장사꾼이 오면 닭 나는 것 보이지.
국화 기르며 긴 여름날 보내고
채소밭 김매며 저물녘 기다린다.
자연에는 즐거운 일 많으니
무엇하러 높은 벼슬 바라겠나.

草屋臨溪水 초옥임계수　柴門對翠微 시문대취미
客來聞鶴警 객래문학경　商到看鷄飛 상도간계비
養菊消長夏 양국소장하　鋤葵待夕暉 서규대석휘
林泉多樂事 임천다락사　何必願金緋 하필원금비

_朝鮮조선 李應禧이응희, 1579–1651, '閑情한정, 한가한 마음',
『玉潭詩集옥담시집』

● 송나라 사람 임포(林逋)는 자신이 사는 곳에 학 두 마리를 길렀다. 손님이 찾아왔을 때 임포를 모시던 동자가 학의 우리를 열어주면 학이 임포한테 날아가 앉았다고 한다. 임포의 별명은 '매처학자(梅妻鶴子; 매화를 아내 삼고, 학을 자식으로 삼다)'인데 후대

의 시인들은 임포를 은자(隱者)의 상징처럼 여겼다. '손님 오자 놀란 학 울음 들리고(客來聞鶴警(객래문학경))'라 한 것은 임포의 옛 이야기를 바탕에 두고 있다. 이응희 자신이 사는 곳이 그만큼 그윽한 곳이라는 뜻이다.

「閑情(한정)」이라는 제목에서 보이듯 이 시를 읽고 있으면 유유자적하게 사는 은자의 모습이 그려진다. 세상 사람들은 정신없는 날을 보내지만 이응희는 '국화 기르며 긴 여름날 보내고, 채소밭 김매며 저물녘 기다리는(養菊消長夏(양국소장하), 鋤葵待夕暉(서규대석휘))' 속세의 사람들은 꿈꿀 수 없는 삶을 산다. 가만히 보면 의미 없는 하루를 보내는 것 같지만, 이런 한적함은 아무나 누릴 수 없는 호사인 셈이다.

'자연에는 즐거운 일 많으니, 무엇하러 높은 벼슬 바라겠나.(林泉多樂事(임천다락사), 何必願金緋(하필원금비))', 세상 사람들은 부귀영화를 누리기 위해 애를 쓰지만, 자신은 그렇게 살지 않겠다는 뜻을 드러냈다. 실제로 이응희는 여타의 선비들과는 다르게 벼슬을 하지 않고 평생 자신이 살던 수리산을 떠나지 않았다. 이응희는 광해군의 폭정에 실망하여 벼슬할 생각을 접었다고 한다. 보통 이런 태도를 지녔던 선비들은 인조반정 이후에 관직에 나아갔지만, 이응희는 반정 이후에도 벼슬을 하지 않았다고 한다. 자신에게도 세상을 경륜할만한 기량이 있었지만, 끝내 은자로 생을 마쳤다.

속세와 자연을 분리하여 자연에서의 삶을 동경하는 작품은 셀 수 없을 정도로 많다. 이 작품도 그들 중 하나일 뿐이라 하겠다. 그러나 평생 자연을 떠나지 않았던 사람의 고백이라는 점을 알고 이 시를 읽으면 더욱 와 닿지 않을까 한다.

死

죽음

늙은 아비 베갯머리 눈물이 더디 말라

자식 있는 부모한테 "당신 자식이 죽었다면 어떨 것 같은가?"하고 묻는다면 질문이 끝나기도 전에 크게 한 소리 들을지도 모른다. 거기에서 그치지 않고 '재수 없다'고 욕을 먹거나 한 대 맞을지도 모를 일이다. 사람은 누구나 죽는다지만, 이런 생각을 한다는 것 자체에 거부감이 든다. 혹시 말이 씨가 될까 봐 두렵기도 하다. 실은 나부터 그런 생각이 든다. 두려움 또는 슬픔의 감정을 느끼기도 전에 귀를 막아 버리고 싶다. 그런데 현실에서는 자식을 먼저 떠나보내는 부모들이 꽤 많다. 이들 역시 '내 자식이 죽는다면?'이라는 물음 자체를 던지지 않았던 사람일 것이다. 꿈에도 생각하지 못했던 일이 실제로 벌어졌다. 더는 살아서 만날 수 없는 내 자식을 꿈에서 만난다. 꿈에도 생각하지 못했던 일이다.

1.

세밑 전 새벽 꿈에 나타난 죽은 딸아이
다섯 살까지 살다가 세상 떠난 지 2년.
말 배우고 즐거이 놀 때 얼마나 기뻤던지
가르치지 않았어도 서책 보며 중얼중얼
선악은 타고난다는 걸 알겠는데
현명한 사람, 어리석은 사람의 죽음은 누가 관장하는가.
뚜렷한 얼굴 모습, 잠깐 새 떠나버려
늙은 아비 베갯머리 눈물이 더디 말라.

2.

늦게 낳은 아이라 지극히 사랑하여
피난 가는 배 안에서 곁을 떠나지 못하게 했지.
부윤(府尹)으로 부임할 때 데리고 갈까 생각하다가
말을 꺼내자마자 어느새 무양(巫陽)이 내려와 버렸다.
고운 너 타향에 묻고 몹시 슬퍼했는데
예전 같은 모습으로 꿈속에 나타나 주었구나.
내 강가에 와보니 네 생각 알 것 같아
강 서쪽 천 리 밖에선 왕래가 더뎌서 그랬단 걸.

1.

歲除前曉夢殤兒 세제전효몽상아　五歲生今二歲離 오세생금이세리

學語嬉遊惟悅孝 학어희유유열효　尋書念說不勤師 심서념설불근사

從知善惡由天得 종지선악유천득　孰管賢愚入地爲 숙관현우입지위

眉目分明俄已去 미목분명아이거　龍鍾枕上淚乾遲 용종침상누건지

2.

人情鍾愛晩生兒 인정종애만생아　避寇舟中膝不離 피구주중슬불리

提挈擬將隨尹府 제설의장수윤부　語言翻已下巫師 어언번이하무사

埋香慘絶他鄕寄 매향참절타향기　入夢依然昔日爲 입몽의연석일위

及我江干知汝意 급아강간지여의　江西千里得通遲 강서천리득통지

_朝鮮조선 최립崔岦, 1539-1612, '夢殤女몽상녀, 죽은 딸아이를 꿈에서 만나고', 『簡易集간이집』 권 6

● 조선 중기의 문인인 간이(簡易) 최립은 선조 말기의 뛰어난 문장가였다. 개성 사람이었는데 시에서의 오산(五山) 차천로(車天輅), 글씨에서의 석봉(石峯) 한호(韓濩)와 함께 송도삼절(松都三絶)로 일컬어졌다. 시보다는 문장에 뛰어난 사람이라고 할 수 있지만, 옛사람들은 시와 문장 모두에 능했으므로 우열을 가리기가 무척 어렵다.

위 작품은 제목에서 알 수 있는 것처럼 어린 나이에 죽은 딸을

꿈에서 보고 난 후에 지은 시다. 아이의 죽음을 극적으로 묘사하지 않고 비교적 담담하게 서술하고 있지만, 행간에 짙은 슬픔이 배어 있다. 어린아이라면 누구나 비슷한 나이에 말을 배우고 아빠 옆에서 재롱을 떤다. '尋書念說不勤師(심서념설불근사)', 무슨 말인지도 모르는 아빠의 책을 뒤적거리며 혼자서 중얼중얼한다. 지극히 평범한 일상일 뿐이지만, 나한테는 특별한 일상이다. 내 아이와 함께하는 시간이기 때문이다. 그런데 이제는 그 일상을 더 이상 겪을 수 없다. 늘 곁에 있을 것이라고 믿어 의심치 않았던 아이는 앞으로 영영 내 곁에 없을 것이다.

슬픔도 슬픔이지만, 먼저 원망하는 마음이 일어난다. '孰管賢愚入地爲(숙관현우입지위)', 이렇게 착한 아이를 세상에 태어나게 했으면서, 데리고 갈 때는 왜 나쁜 사람만 데리고 가지 않는가. 하늘이 무심하다는 건 알았지만, 막상 그 무심함이 나한테 적용되니 원망하는 마음을 가누기 어렵다. 설상가상 꿈속에서 나타난 아이는 한 번 안아볼 사이도 없이 사라져 버린다. 사라졌다기보다는 뜻밖에 딸을 만나서 놀란 마음이 아빠를 꿈에서 깨도록 한 게 아니었을까. 꿈에서 깨버린 아빠는 딸의 귀엽고 예쁜 모습이 새삼 떠오르자 소리 없이 눈물짓는다. 꿈이라서 더 슬프다.

이 아이는 늘그막에 얻은 귀염둥이였다. 아무래도 늦게 얻은 자식이 더 애처로워 보이는 게 인지상정이다. 한순간도 곁을 떠나지 못하게 했었는데 야속하게도 하늘이 이 아이를 데려가 버렸다. 두 번째 수의 4구에 등장하는 무양(巫陽)은 여성 무당인데 상제의 명을 받고 혼백을 주관한다고 한다. 일종의 저승사자인 셈이다. 무심한 무양은 아빠와 딸이 작별인사를 나눌 시간도 주지 않고 둘을 갈라놓았다. 갑작스럽게 아이의 죽음을 맞이한 아빠는 몹시 슬퍼하면서 아이를 묻었다. 이제는 볼 수 없다고 생각하니 더 슬펐다. 그런 아빠의 마음을 알았을까. 아이는 아빠를 찾아왔다. 그때 못다 한 작별인사를 하러 온 것인가. 아빠는 꿈에서 깨어 강 앞에 섰다. 강 건너편 멀리 떨어진 어느 곳에 사랑하는 딸이 아빠를 기다리고 있을 것이다. 그러나 아빠도 딸도 그 강을 건널 수 없다. 강은 이 세상과 저 세상을 가르는 경계선이기 때문이다. 그제야 아빠는 딸이 왜 꿈속으로 들어왔는지 알아차린다. 그 먼 거리를 걸을 수 없고, 강을 건널 수도 없기에 아빠의 꿈속으로 날아온 것이다. 딸은 생전의 모습 그대로를 아빠에게 보여준다. 말하지 않아도 안다. '아빠, 나는 저 세상에서 이렇게 그대로 있어. 그러니 너무 슬퍼하지 마.' '及我江干知汝意(급아강간지여의), 강 서쪽 천 리 밖에선 왕래가 더뎌서 그랬단 걸. 江西千里得通遲(강서천리득통지)', 두 번째 수의 마지막 7·8구는 독자에게 깊은 여운을 남긴다.

남의 자식이 죽어도 이렇게 슬픈데 내 자식이 나를 두고 저세상으로 떠난다면 슬픔만으로 다할 수 없을 만큼 아플 것이다. 이래서 '내 자식이 죽었다면?'이라는 질문은 던지고 싶지 않다. 그러나 한 번쯤은 해볼 만한 질문인 것 같다. 이 시를 읽으며 감상에 젖기 위해서가 아니다. 내가 겪고 있는 평범한 일상은 알고 보면 특별하고 가치 있는 것이라는 점, 남의 아픔을 내 아픔처럼 여기는 사람이 많아질 때 비로소 이 세상은 '살만해진다'는 단순한 사실을 깊이 깨달을 수 있기 때문에 그렇다.

자식을 먼저 떠나보낸 이 세상의 모든 부모에게 진솔한 슬픔, 한 방울의 눈물을 보낸다. 이것밖에 할 수 없어서 미안하다. 더욱 마음이 아픈 건, 자식의 죽음을 통곡하는 부모를 앞에 두고도 눈물 한 자락 흘리지 않는 사람도 이 세상에 너무나 많다는 사실이다. 다시 한 번 질문하고 싶다. "당신의 자식이 죽었다면 어떨 것 같은가."

깊은 무덤 속
반딧불 어지럽다

공자는 '사는 것도 모르는데 죽음을 어떻게 알겠는가?' 하면서 사는 데에 충실하라고 했고, 장자는 '정신을 가두고 있던 몸에서 벗어나는 것이니 자유롭다'고 하며 죽음을 초월하라고 했다. 그럼에도 죽음을 떠올려보는 건 한 번도 겪지 못했고, 겪더라도 누군가에게 말해 줄 수 없는 미지의 경험이기 때문일 것이다. 이래서 죽음은 영원한 간접경험이라 할 수도 있으리라.

남산은 왜 이다지도 슬픈가.
빈 풀밭에 흩뿌리는 음산한 비
깊은 밤 가을날의 장안
바람 앞에 몇 사람이나 늙어 가는가.
흐릿한 황혼의 길

푸른 상수리 한들거리는 길

중천에 달뜨자 나무 그림자 없고

온 산엔 오직 하얀 새벽빛뿐

도깨비불은 새 사람을 맞이하고

깊은 무덤 속엔 반딧불 어지럽다.

南山何其悲 남산하기비　鬼雨灑空草 귀우쇄공초

長安夜半秋 장안야반추　風前幾人老 풍전기인노

低迷黃昏徑 저미황혼경　裊裊靑櫟道 요뇨청역도

月午樹無影 월오수무영　一山唯白曉 일산유백효

漆炬迎新人 칠거영신인　幽壙螢擾擾 유광형요요

_唐당 李賀이하, 791–817, '感諷감풍, 느낌이 있어 풍자하다',
『全唐詩전당시』 권 391

● 제아무리 죽음을 미화하는 표현을 접하며 살았어도 숨이 끊어져 땅속에 묻힌다는 상상을 하면 슬픔이 밀려드는 게 사람의 마음이다. 그것만 생각해도 슬플 지경인데 때맞춰 부슬부슬 비까지 내리니 더욱 마음이 무거워진다. 망자는 귀신이라도 나올 것 같은 비를 맞으며 텅 빈 풀밭을 지나 영원한 이별의 길을 가는 중이다. 그것도 한밤중이다. 음산한 비를 뜻하는 '귀우(鬼雨)', 무상함

을 느끼게 해주는 '빈 풀밭(공초(空草))', 무서움과 외로움을 동시에 떠올리게 하는 '야반(夜半)' 따위의 시어는 죽음을 훌륭하게 포장하고 있다. 시인은 이 죽음의 행렬을 보면서 슬픔과 삶의 덧없음을 체감한다. '바람 앞에선 몇 사람이나 늙어 가는가(風前幾人老(풍전기인노)'란 물음은 자문이면서 독자에게 삶의 의미를 반추하게 하는 물음이기도 하다.

이 세상에서의 마지막 집인 무덤으로 가는 길. 저 세상으로 통하는 길. 한들거리는 푸른 상수리나무와 중천에 뜬 밝은 달이 저곳으로 가는 길을 안내해 준다. 한밤중이라 칠흑 같은 어둠이 깔려야 할 텐데 중천에 뜬 달이 온 세상을 하얗게 만들어 준다.(裊裊青櫟道(요뇨청역도), 一山唯白曉(일산유백효)), 푸른색과 흰색이 묘한 분위기를 만들어낸다. 밝은 빛을 보는데도 더욱 우울해진다. 그 빛을 뚫고 도착한 무덤에는 귀화(鬼火)가 어지러이 날린다. '칠거(漆炬)'는 '귀화' 곧 '도깨비불'을 뜻한다. 여기에서 죽은 사람을 두고 '신인(新人)'이라 표현한 점에 주목한다. 죽은 사람을 두고 '새로운 사람'이라니. 이 세상에서는 늙은 사람이지만, 저 세상에선 금방 죽어서 온 사람이 새로운 사람이니 그렇다.

시를 읽으면서 이미 느꼈겠지만, 이 작품의 분위기는 왠지 처량하고 음산하다. 어떻게 보면 약간의 신비로움마저 느끼게 하는 작품이다. 시 전체를 감싸고 있는 이 기운을 우선 '귀기(鬼氣)'라고 해 두자. 이런 시를 쓴 사람은 도대체 어떤 사람인가. 27살의 젊은 나이에 요절한 천재시인 이하(李賀)다. 이하는 중국 당(唐)나라 사람이다. 송나라의 전이(錢易)라는 사람은 그의 책 『남부신서(南部新書)』에서 "이백은 천재(天才), 백거이는 인재(人才), 이하는 귀재(鬼才)"라고 평하기도 했다. 젊은 나이에 죽었지만, 이하의 작품이 많은 시인에게 강렬한 인상을 남겼음을 알 수 있게 해주는 말이다. 특히 당나라의 유명한 문장가 한유(韓愈)는 이하의 재능을 알아보고 문학적 후원을 아끼지 않았다고 한다. 이하는 240편의 시를 남겼다. 이 작품 하나만 봐도 알 수 있듯이 이하의 작품은 대체로 우울하고 어둡다. 이하는 젊은 나이에 죽었지만, 그를 기리는 시인들은 옥황상제가 이하의 재주를 아껴서 곁에 두고 부리기 위해 빨리 데려갔다고 말하기도 한다.

죽음은 영원한 간접경험이므로 그 본질에 대해서 말하기 어렵다. 오로지 죽음에 대한 내 생각만 있을 뿐이다. '도깨비불은 새 사람을 맞이하고, 깊은 무덤 속엔 반딧불 어지럽다.(漆炬迎新人(칠거영신인), 幽壙螢擾擾(유광형요요)', '도깨비불은 사람의 뼈에서 나오는 것일 뿐이야'하고 일축해 버려도 할 말은 없다.

死 · 三

그림자한테도 부끄러움이 없다

예전에 대학에서 글쓰기 과목 강의를 할 때다. 어느 날 나는 학생들에게 '유서'를 쓰라고 했다. 재수 없게 '유서'라니……. 학생들 분위기가 심상치 않았다. 쓰기 싫어하는 기색이 역력해 보였다. 그러나 선생이 쓰라는데 어쩌겠나. 학생들은 열심히 쓰기 시작했다. 한 시간쯤 뒤에 발표를 시켰다. 각양각색의 내용이 쏟아져 나왔다.

"유산 100억 중에 50억은 사회에 환원하고 나머지를 너희 셋이 나눠 가져라."

"나는 학계에서 이름을 얻기 위해 열심히 노력했다. 너희도 그러하길 바란다."

"가을에 떨어지는 낙엽처럼 덧없는 인생. 그래도 여보, 당신이 있어 행복했소."

"죽을 때가 되어 너희에게 말하고 싶은 건, 젊어서 겪는 고난이 반드시 삶에 필요 없는 것만은 아니었다는 사실이다."

쓰라고 할 때는 싫어하더니 막상 발표를 시키니 학생들은 진지하게 발표에 임했고, 분위기는 숙연해졌다. 끝으로 내가 한마디 했다.

"죽음 자체를 생각하면 두렵습니다. 그러나 죽음을 앞둔 사람은 누구나 살아온 나날을 되돌아보게 되지요. '나는 어떻게 살았는가'를 생각하는 것입니다. 자, 여러분은 이제 스무 살입니다. 되돌아볼 날보다 앞으로 살아갈 날이 많습니다. 그런데 왜 여러분한테 유서를 쓰라고 했겠습니까. 이 안에 '여러분의 미래'가 들어있기 때문입니다. 여러분은 유서를 쓰면서 역설적이게도 삶을 이야기한 것이죠. 저는 '나에 대한 생각을 정리하는 것'이 글쓰기의 시작이라고 생각했습니다."

'나는 어떻게 살았는가?', 그 '어떻게'에 해당하는 내용은 사람마다 다르다. 아마 이런 내용도 포함되지 않을까 한다.

어지러웠던 세상살이 옛일 되었고
이응·두밀과 이름 나란히 했으니 나 역시 멋진 사내.

갓 비뚤어진 사람 보면 내가 더러워진 것처럼 여겨 서둘러 떠났고
사람을 만났을 땐 일삼는 것 뚜렷하게 말했다.
한 번 바닷속에 누워 정신을 스스로 지켰고
혼자 하늘 밖을 걸어감에 그림자한테도 부끄러움이 없다.
가의는 울었지만 난 웃을 수 있어
둘이 함께 33년을 누렸구나.

塵世紛紛成古今 진세분분성고금　齊名李杜亦奇男 제명이두역기남
其冠浼我望望去 기관매아망망거　所事逢人歷歷談 소사봉인역력담
一臥海中神自守 일와해중신자수　獨行天外影無慙 독행천외영무참
賈生能哭吾能笑 가생능곡오능소　俱享行年三十三 구향행년삼십삼

_조선朝鮮 노수신盧守愼, 1515-1590, '자만自挽, 나에게 쓰는 만시',
『穌齋集소재집』 권 2

저 물음에 16세기에 살았던 조선의 선비 소재(穌齋) 노수신(盧守愼, 1515-1590)이 대답한다. 내용에 보이듯 이 작품은 노수신이 33세 때 썼다. 노수신은 30세까지는 탄탄대로를 걸었다. 그러다가 31세가 되던 1545년에 조선의 4대 사화 중 하나인 '을사사화(乙巳士禍)'에 연루되어 파직됐고, 2년 뒤 1547년에는 윤원형이 윤

임의 세력을 제거하기 위해 일으킨 '양재역벽서사건(良才驛壁書事件)'에 연루되어 진도로 유배를 갔다. 이후 19년이라는 긴 세월을 유배지에서 살아야 했다. 말이 좋아 유배지 이러다가 사약을 받고 죽을 수도 있는 상황이었다. 노수신은 자신한테 죽음이 닥쳐오고 있음을 느꼈다.

제목에 보이는 '만(挽)'은 '끌다', '당기다'는 뜻이다. 상여를 끌고 간다는 말이다. 한시에서는 이런 형태의 작품을 '만시(挽詩)' 또는 '만시(輓詩)'라고 부른다. 보통 남의 죽음을 슬퍼하는 내용으로 이루어져 있는데 가끔 노수신처럼 '나에게 쓰는 만시'를 지은 작가도 있다. 시의 형식을 빌려 쓰는 유서인 셈이다. 이런 '자만(自挽)' 류의 작품은 중국 동진 시대의 유명한 시인 도연명(陶淵明)이 처음으로 썼다고 한다.

독자들은 아마 이 시를 읽으면서 '노수신, 이 사람 성깔 있다'는 생각은 들겠지만, 내용이 완전히 눈에 들어오지는 않을 것 같다. 당장 이응(李膺)과 두밀(杜密), 가의(賈誼)가 어떤 사람인지 알 수 없기 때문이다. 이응과 두밀은 중국 후한 시대 사람이다. 모두 내시들에게 탄압을 받았던 선비들인데 끝까지 그들에게 굴복하지 않았다. 노수신은 이들의 이름을 빌려 자신은 억울하며, 소신을 굽히지 않겠다는 의지를 드러냈다.

노수신은 강직한 사람이었다. 스스로 처신도 바르게 할 뿐만 아니라, 올바르지 않은 사람과 함께 있으면 자기도 더러워질까 봐 그 자리를 떠 버리는 성격을 지니고 있었다. 겨우 상대의 갓이 약간 비뚤어진 것뿐인데 그걸 보고 '저 사람은 바르지 않다'고 단정 짓는다.(其冠浼我望望去(기관매아망망거)) 거기에 누구를 만나든 자기의 소신을 굽히지 않는다.(所事逢人歷歷談(소사봉인역력담))

'한 번 바닷속에 누워 정신을 스스로 지켰다.(一臥海中神自守(일와해중신자수))'는 말은 진도라는 섬에 유배된 자신의 상황을 설명함과 동시에 그럼에도 자신의 소신을 지키겠다는 의지의 표현이다. '혼자 하늘 밖을 걸어감에 그림자한테도 부끄러움 없다.(獨行天外影無慙(독행천외영무참))'고 한 것은 그만큼 자신은 결백하게 살아왔다는 강한 자부심의 표현이라 할 수 있겠다.

마지막에 등장하는 가의(賈誼)는 중국 전한시대의 인물이다. 글을 잘했고, 정치력도 뛰어난 인재였지만, 대신들의 모함을 받아 좌천된 후 33세의 젊은 나이에 요절했다. 우연하게 노수신은 33세에 유배를 가게 되었다. 둘의 신세가 비슷하다. 가의는 좌천된 후 황제를 그리워하며, 자신의 신세를 한탄하다 죽었다. 그러나 노수신은 '가의는 울었지만 난 웃을 수 있다.(賈生能哭吾能笑(가생능곡오능소))'고 하며 오히려 더욱 의지를 다진다. 시간이 흐른 뒤에는 자신의 신세를 한탄하게 되지만, 이런 정신이 19년을 버티게 해 준 힘이었다고 하겠다.

노수신의 미리 쓴 유서를 다 읽었다. 언젠가는 나도 죽는다. 그 죽음을 앞두고 '그림자한테도 부끄러움이 없는' 삶을 살았다고 감히 말할 수 있을까. 그럴 수 없을 것 같다. 그러나 이런 마음 자세를 지니고 살아야 부조리한 현실과 마주쳤을 때 도망가지 않을 수 있고, 부끄럽지 않을 수 있으며, 불행하지 않을 수 있을 거라 믿는다.

고려대학교 한문학과 임준철 선생님의 논문 "자만시의 시적계보와 조선전기의 자만시"를 참고하면서 쓴 글입니다. 임준철 선생님께 감사드리며

냇물에 비친
나를 봐야겠다

요즘엔 사진이나 비디오가 있어서 죽은 사람이 생각나면 그걸 보면서 옛 생각에 잠긴다. 시간이 흐르면 그것들도 빛이 바래고 말 테지만 언제든 끄집어낼 수 있다는 장점이 있다. 그런 것이 없는 옛날엔 살아있는 '사람'을 보며 죽은 이를 떠올렸다. 가끔 초상집에 가면 오랜만에 보는 친지가 상주한테 "아이고, 너 보니 돌아가신 어른 모습이 떠오르는구나." 하면서 통곡을 하는 풍경을 심심찮게 볼 수 있다. 그러고 보니 요즘에도 사람을 통해 사람을 기억하기도 하는구나. 그럼 이처럼 매개 노릇을 하는 사람조차 없을 때는 어떻게 했을까.

우리 형 얼굴 수염 누구를 닮았던가.
돌아가신 아버지 생각날 때마다 우리 형 쳐다봤지

이제 형 그리우면 어디에서 봐야 하나
두건이랑 도포랑 갖추고 가서 냇물에 비친 나를 봐야겠다.

我兄顏髮曾誰似 아형안발증수사 每憶先君看我兄 매억선군간아형
今日思兄何處見 금일사형하처견 自將巾袂映溪行 자장건몌영계행

_朝鮮조선, 朴趾源박지원, 1737-1805, '燕岩憶先兄연암억선형, 연암에서 죽은 형을 추억하며', 『燕巖集연암집』 권 4

조선 후기의 대문장가 연암(燕巖) 박지원은 『열하일기(熱河日記)』를 썼을 뿐 아니라 「마장전(馬駔傳)」, 「양반전」 등의 전기와 재치 넘치는 소품(小品, 짧은 수필)도 많이 남겨놓았다. 시보다는 문장에 능한 사람이라 할 수 있지만, 이처럼 한시 방면에도 일가견이 있었다. 현재 42수가 남아있는데, 친구들과 금강산을 유람하고 지은 「총석정관일출(叢石亭觀日出)」이라는 시가 명작으로 꼽힌다.

박지원의 형인 박희원(朴喜源)은 58세에 죽었다. 박지원보다 7살이 많았으며, 박지원에겐 하나밖에 없는 형이었다. 박지원은 31세 때 아버지를 잃은 후 20년 동안 형을 의지하며 살았다. '돌아가신 아버지가 생각 날 적마다 우리 형 쳐다봤지(每憶先君看我兄(매억선군간아형)'는 박지원이 형을 아버지처럼 여기며 의지했음을 알 수 있게 해주는 대목이다. 이 일곱 글자에 20년의 세월과 아버지와

형을 그리워하는 마음이 응축되어 있다.

박지원은 형이 죽던 해(1787) 1월에 부인을 잃었고, 7월에 형을 잃었으며, 얼마 지나지 않아 며느리까지 잃었다. 겪어보지 않아 그 심정을 십분 헤아리긴 어렵지만, 그 참담했을 심정을 생각하니 가슴 가득 슬픔이 밀려온다. 설상가상 이제는 혼자 남았다. 자신이 의지하던 사람들 모두 세상을 떴으니 이젠 누구를 의지하며 살아야 하는가.

'두건이랑 도포랑 갖추고 가서 냇물에 비친 나를 봐야겠다.(自將巾袂映溪行(자장건메영계행))' 박지원은 자신을 보면서 죽은 형을 기억해 낸다. 둘은 닮았으니까……. 형을 만나기 위해 주섬주섬 옷을 차려입고 시냇가로 향하는 박지원의 걸음걸이를 상상해 본다. 살아 있는 사람은 이렇게라도 죽은 이를 기억해 내며 세상을 살아간다.

보통 죽은 이를 생각하는 글에는 작가가 감정을 고스란히 드러내는 법인데 이 작품은 슬픔을 절제했기 때문에 읽는 사람에게 더욱 감동을 준다. 마지막 구절은 독자에게 깊은 여운을 남긴다.

이 시와 관련하여 뛰어난 문장가였던 박지원의 산문을 읽어보지 않을 수 없다. 박지원은 형뿐 아니라 누나까지 자신보다 먼저 세상을 떠나보냈다.

"누님이 갓 시집가서 새벽에 단장하던 일이 어제인 듯하다. 나는 그때 여덟 살이었는데 응석스럽게 누워 말처럼 뒹굴면서 신랑의 말투를 흉내 내어 더듬거리며 정중하게 말을 했다. 누님은 그만 수줍어서 빗을 떨어뜨렸는데 그게 내 이마를 건드렸다. 나는 성을 내어 울며 먹물을 분가루에 섞고 거울에 침을 뱉어 댔다. 누님은 옥비녀와 장식물을 꺼내 주며 울음을 그치라고 달랬는데, 그때로부터 지금 스물여덟 해가 되었구나.
강가에 말을 세우고 멀리 바라보니 붉은 명정이 휘날리고 돛 그림자가 너울거리다가, 기슭을 돌아가고 나무에 가리게 되자 다시는 보이지 않는데, 강가의 먼 산들은 검푸르러 쪽 찐 머리 같고, 강물빛은 거울 같고, 새벽달은 고운 눈썹 같았다.
눈물을 흘리며 누님이 빗을 떨어뜨렸던 일을 생각하니, 유독 어렸을 때 일은 뚜렷하게 기억될 뿐 아니라 즐거움도 많았고 세월도 더디 흘렀다. 중년은 늘 우환에 시달리고 가난을 걱정하다가 꿈속처럼 훌쩍 지나가 버렸다. 남매가 되어 지냈던 날들은 또 왜 그다지도 촉박했던가." (『연암집(燕巖集)』 권 2, 「맏누님 증(贈) 정부인(貞夫人) 박씨 묘지명」 중)

이렇듯 죽음은 슬프고, 죽은 이를 기억하는 일도 슬프다. 슬픔을 절제해도 슬프고, 슬픔을 드러내도 슬프다. 뜬금없이 박지원은 죽은 누나를 어떻게 기억해냈을지 궁금해진다.

당신, 그 쑥을 보며 나를 떠올리지 않을래요?

겪어보진 않았지만, 겪고 싶지 않은 일. 그러나 언젠가는 겪어야 할 일 중의 하나가 바로 '배우자의 죽음'이다. 평생을 함께 지냈던 배우자의 죽음은 그 슬픈 정도가 다른 사람의 죽음을 대했을 때보다 더 심각하다는 이야기를 들은 적이 있다. 배우자의 죽음을 겪은 사람은 그렇지 않은 사람에 비해 배우자의 사망 이후 30일 이내에 심장질환이나 뇌졸중에 걸릴 위험이 두 배 이상 높다는 연구결과도 있을 정도다.

옛사람들은 생각하기조차 싫은 배우자의 죽음을 일부러 떠올리며 더 깊은 슬픔에 빠지는 방법으로 살아갈 힘을 얻었다. 한시 작가는 대부분 남성이라서 배우자라고 하면 아내를 의미한다. 아내의 죽음을 슬퍼하는 시를 '도망시(悼亡詩)'라고 부르는데, 원래 이 말은 죽은 사람 모두를 애도하는 시를 가리키던 것이다. 이러던 것이 중국 진(晉)나라 때의 문인 반악(潘岳, 247-300)이 '도망'이라는 제목을 달고 죽은 아내를 애도하는 시를 쓴 이후, '도망시'의 주인공은 아내가 되었다.

지난해 나는 관서로 나가
석 달 동안 강산 천 리를 유람했소.
돌아와 보니 당신은 병들었고 쑥도 시들어 있었지.
당신이 울며 했던 말. "여행길이 왜 그리 더디셨나요.
철 따라 나는 물건은 흐르는 물 같아서 사람을 기다려 주지 않고
사람의 삶도 그 사이에선 하루살이 같지요.
나는 죽지만 쑥은 내년에 다시 돋을 테니
당신, 그 쑥을 보며 나를 떠올리지 않을래요?"
오늘 우연히 제수씨가 밥을 차려주셨는데
소반에 담긴 어린싹을 보니 문득 목이 메어.
그때 날 위해 쑥을 뜯던 사람
한 줌 흙 덮인 얼굴 위로 쑥은 돋아났는데…….

前年我行西出關 전년아행서출관　三月湖山千里遊 삼월호산천리유

歸來君病艾亦老 귀래군병애역노　泣道行期何遲留 읍도행기하지류

時物如流不待人 시물여류부대인　人生其間如蜉蝣 인생기간여부유

我死明年艾復生 아사명년애부생　見艾子能念我不 견애자능념아부

今日偶從弟婦食 금일우종제부식　盤中柔芽忽哽喉 반중유아홀경후

當時爲我採艾人 당시위아채애인　面上艾生土一坯 면상애생토일배

_朝鮮조선 심노숭沈魯崇, 1762-1837, '東園동원, 동쪽 정원에서'

● 조선의 문인 심노숭은 서른한 살 되던 해(1792년) 5월에 네 살배기 셋째 딸을, 그 후 한 달이 채 못 되어 아내를 잃었다. 그 마음이 어떠했을지 짐작조차 하기 어렵다. 많은 문인이 아내를 잃고 도망시를 남겼다지만, 특히 심노숭은 아내 사랑이 남달라서 아내와 관련된 시 26제, 산문 23편을 남겨 놓았다. 우리나라 문인 중에 비슷한 사례를 찾아보기 어려울 정도로 많은 양이다.

심노숭은 아내를 떠나보내고 1년 뒤에 이 시를 썼다. 위에 인용한 시는 「東園(동원)」의 뒷부분이다. 이 시의 제목 '동쪽의 정원'은 심노숭이 죽은 아내의 무덤 근처에 가꾸어 놓은 작은 정원을 가리킨다. 이 작품에서 '쑥'은 아내를 연상시키는 소재로 등장한다. 생략된 앞부분에는 아내와 어린 딸이 쑥을 뜯으며 도란도란 이야기하는 장면이 나온다. 그때와 지금을 대비시켜 지금의 슬픔을 더욱 극대화하려는 의도가 담긴 것이다.

쑥은 아내가 죽기 전이나 죽은 후나 변하지 않고 철마다 같은

모습을 보여준다. 이를 통해 심노숭 자신도 아내를 잃은 슬픔이 여전하다는 것을 우회적으로 드러냈다. '나 정말 슬프다'고 말하지 않으면서 자신의 심사를 토로한 것이다. 이처럼 쑥은 죽은 아내를 산 사람처럼 느끼게 해 주면서 동시에 아내의 부재를 부각하는 소재로 사용되었다. "당신, 그 쑥을 보며 나를 떠올리지 않을래요?"(見艾子能念我不(견애자능념아부)) 한 구와 마지막 두 구는 독자에게 깊은 울림을 준다.

심노숭의 아내 사랑은 평생토록 지속됐다. 심노숭이 아내를 떠나보내고 24년 뒤에 쓴 제문(祭文)의 일부를 읽어 본다. 55세(1816년) 때 쓴 글이다.

> "우리 딸이 아들을 낳아 어느덧 총각 머리 할 정도가 되었소. 그 어미가 우리 집안의 옛일을 얘기해 주고, 손주는 곁에서 들으며 웃고 즐거워하니 슬픈 중에도 기뻐할 만하고, 살아 있다는 게 죽은 것보다 낫다고 느낄 때도 있소. 이제 부임지로 떠나면 오랜 시간 당신 무덤을 비워둬야 하니 회포를 금치 못하겠소. 간단히 고하니 살펴주시오."

_「告亡室墓文(고망실묘문)」 중

이은영 선생님의 논문(「한국 한시의 특징과 전개: 못다 한 사랑과 그리움의 노래 –도망시(悼亡詩)의 전통과 미」)과 김영진 선생님의 번역서(심노숭 지음, 김영진 옮김 「눈물이란 무엇인가」)를 참고하여 썼습니다. 두 분 선생님께 감사드립니다.

아침저녁으로 돌아오길 바라신단 걸

어릴 적 5촌 아저씨가 오토바이 사고로 죽었다. 종조모님은 아들을 먼저 떠나보내고 20여 년을 더 계시다 돌아가셨다. 아저씨가 그렇게 죽고 몇 년이 지난 언젠가 할머니가 우리 집에 며칠 계신 적이 있었다. 아침에 학교 갈 준비를 하는데 할머니가 소리 없이 울고 계셨다. 그날만이 아니었다. 할머니는 우리 집에 계시는 내내 눈물로 하루를 시작하셨다.

어제 서쪽 문밖 지나며
그댈 곡하는 내 마음 비통했소.
오래된 집, 휘장으로 널을 가렸고
먼지는 술상 위에 날아 앉았네.
슬프다. 일곱 자 그대의 몸이

이 세 치 널 속에 거둬졌구려.

큰 소나무, 긴 가지 꺾였고

넓은 물, 맑은 물결 말라버렸네.

원대한 꿈은 이제 다했건만

어두운 밤은 왜 이리 긴가.

웃으며 이야기할 일, 평생 없을 테지만

좋았던 정일랑은 마음속에 간직하려네.

흰 깃발 틈에서 눈물 흩뿌리지만

떠나가는 상여를 붙잡을 수 없어.

내 들었소. 그대의 아버님은

아침저녁으로 돌아오길 바라신단 걸.

이 한 머금고 떠난 넋이여

맺힌 응어리 풀어질 때 언제일까.

사함 아버지의 병이 심하여 이 일을 알리지 않았다.

昨過白門外 작과백문외　哭君我懷酸 곡군아회산

老屋掩繐幃 노옥엄세위　流塵上杯盤 유진상배반

哀哉七尺軀 애재칠척구　戢此三寸棺 집차삼촌관

喬松摧脩幹 교송최수간　洪源涸淸瀾 홍원학청란

長算一以窮 장산일이궁　玄夜何漫漫 현야하만만

笑言隔平生 소언격평생　情好著心肝 정호저심간

揮淚灑素旗 휘루쇄소기　靈車逝莫攀 영거서막반

尙聞高堂上 상문고당상　朝夕望其還 조석망기환

魂去飮此恨 혼거음차한　鬱結何時寬 울결하시관

士涵大人 사함대인,　疾甚諱訃 질심휘부.

_朝鮮조선 김창협金昌協, 1651-1708, '李士涵淵挽이사함정만, 이사함李士涵 정淵에 대한 만사', 『農巖集농암집』 권 2

● 이 만시의 주인공인 이정(李淵)은 농암(農巖) 김창협(金昌協)보다 열한 살이 많다. 사함(士涵)은 이정의 자(字)다. 높은 벼슬에 오르진 못했지만, 본문에 나온 것처럼 '칠 척 장신'에 인품이 훌륭해서 많은 이들의 존경을 받았다고 한다. 김창협과는 사돈지간이었고, 이 인연으로 둘은 나이를 뛰어넘는 친분을 쌓았다. 친척 관계에 친구 같은 교분까지 있었으니 그 죽음이 더 아팠으리라. 그래서인지 약간은 형식적인 여타의 만시와는 다른 작가의 솔직한 감정이 드러나고 있다.

'오래된 집, 휘장으로 널을 가렸고, 먼지는 술상 위에 날아 앉았네.(老屋掩繐幃(노옥엄세위), 流塵上杯盤(유진상배반)', 죽은 사람의 평소 삶이 청빈했다는 사실을 허전한 빈소의 풍경을 통해 드러내었다. 아울러 김창협의 마음 또한 이와 같다는 것을 말하고 있다.

'슬프다. 일곱 자 그대의 몸이, 이 세 치 널 속에 거둬졌구려.(哀哉七尺軀(애재칠척구), 戢此三寸棺(집차삼촌관)', 김창협의 시선이 빈소에서 관으로 옮겨갔다. 조금 더 안으로 들어가면서 이정의 죽음을 구체화 된 현실로 받아들인다. 텅 빈 빈소에 관이 놓여 있는 걸 보니 허전하기만 했던 마음이 슬픔으로 변해 버렸다.

이후 구절부터는 이정의 죽음을 '가지가 꺾여버린 큰 소나무', '맑은 물결이 말라버린 큰물'에 비유하여 이정의 덕을 기리면서 그의 죽음을 슬퍼하는 내용으로 이야기가 전개된다. '흰 깃발 틈에서 눈물 흩뿌리지만, 떠나가는 상여를 붙잡을 수 없어.(揮淚灑素旗(휘루쇄소기), 靈車逝莫攀(영거서막반))', 고인과 영결하는 장면이다. 관이 영구차 쪽으로 이동할 때 유족들이 더욱 큰 소리로 통곡하는 광경이 떠오른다.

이것만으로도 매우 슬프므로 이즈음에서 이야기를 마무리해도 된다. 그런데 여기에서 반전이 일어나 독자의 마음을 더욱 아프게 만든다. 고인에게는 병든 아버지가 있었다. 병세가 심해질까 염려하여 아들의 죽음을 일부러 알리지 않았다. 이 사실을 나중에 들었을 아버지는 무슨 생각이 들었을까.

시간이 흘러 할머니도 아들이 있는 곳으로 떠나셨다. 종조모라 친할머니처럼 가까이 지내지는 않았지만, 큰 집 손자라고 나를 아껴주셨던 그 마음은 알고 있었다. 고향 집 마당에 할머니를 모신 관이 놓여 있다. 나도 모르게 통곡을 했다. 미리 와 계시던 아버지는 내 울음소리를 들으며 함께 흐느낀다.

눈물이 아직 마르지 않았는데 어머니가 한마디 하신다.

"아들이 죽은 날부터 지금까지 하루도 빼놓지 않고 매일 우셨어. 너 어릴 때 기억하나?"

진중하고
진중하시게

죽은 사람이 누구냐에 따라 슬픔의 내용과 느끼는 감정은 조금씩 달라진다. 슬픔도 슬픔이겠지만, 특히 의지하는 사람이 죽었을 때 느끼는 상실감이나 앞날에 대한 막연한 두려움도 슬픔에 못지않은 비중을 차지한다. 이래서였을까? 공자가 죽었을 때 그의 제자 중 일부는 공자와 외모가 비슷한 유약(有若)을 스승으로 섬기자고 주장하는 일까지 있을 정도였다. 물론 그 주장은 받아들여지지 않았다.

살면서 아무런 공도 없었으니
굳이 게송을 남기지 않아도 되리.
잠시 인연 따라 살 뿐이니
진중하고 진중하시게.

已徹無功 이철무공　不必留頌 불필류송

聊爾應緣 요이응연　珍重珍重 진중진중

_宋송, 克勤극근, 1063–1135, '臨終偈 임종게, 임종게'

● '게(偈)'는 한시에 속하지 않지만, 위의 글처럼 글자 수를 맞춘 운문의 형식으로 이루어져 있다. 불경은 처음엔 내용을 길게 써 놓고, 끝에 게를 써서 그 내용을 축약해 놓는 경우가 많다. 내용과 관계없이 부처의 공덕을 노래할 경우에도 게를 쓴다. 윗글은 게의 형식을 빌려 죽음을 앞둔 스승이 제자들에게 유언한 것이다. 이런 임종게는 통상 제자들이 스승에게 남겨달라고 부탁해서 이루어진다.

극근은 송나라의 선승(禪僧)이며, 임제종(臨濟宗)의 제11조다. 중국 선종의 유명한 공안집인 『벽암록(碧巖錄)』에 평설을 붙였다. '벽암'은 극근이 협산(夾山)의 영천원(靈泉院)에 있을 때, 그곳의 방장실에 걸린 편액에 쓰여 있던 글자였다. 『벽암록』은 승려들은 물론, 일반인들까지 애독하는 책이다. 송나라의 고종(高宗)은 극근을 존경하여 '원오(圜悟)'라는 호를 내려주었다. 일반에겐 원오극근이라는 이름으로 알려졌다. 입적한 뒤에는 진각국사(眞覺國師) 시호를 받았다. "간화선(看話禪)"으로 대변되는 선승 대혜종고(大慧宗杲, 1089-1163)는 그의 제자다.

이처럼 대단한 사람인데도 제자들에게 남기는 임종게는 소박하기 짝이 없다. 뭔가 큰 가르침을 남길 줄 알았는데 겨우 하는 말이 "난 살면서 한 게 없다. 그러니 거창하게 임종게 같은 건 남길 이유가 없다. 이 세상은 잠시 들렀다 가는 곳일 뿐이야. 다들 몸 살피면서 살게."다. '已徹無功(이철무공)'에서 '徹(철)'은 '통하다', '도달하다'는 뜻을 지니고 있다. '아무런 공이 없는 데까지 도달했다'는 것이다. 어느 정도 한 게 있다고 은근히 내세우는 게 아니라 정말로 한 게 없다고 솔직히 말하는 것이다. 이렇게 읽으면 이 임종게를 더욱 깊이 이해할 수 있겠다.

마지막 구의 '珍重珍重(진중진중)'에서 '진중'은 '몸을 아끼라'는 말이다. 편지의 마지막에, 또는 사람과 헤어질 때 관용구처럼 쓰는 말이다. '진중하라'를 '진지(眞摯)하다'로 오해하는 경우가 있는데 이 둘은 전혀 뜻도 다르고 한자도 다르다.

참으로 겸손한 임종게라는 생각이 든다. 스승을 잃고 상실감에 몸서리칠 제자들을 아끼는 마음이 전해진다. 자기 죽음을 앞두고도 살아갈 사람들을 염려하는 스승의 마음이 느껴진다. 그리고 이 안에는 '스승이 세상을 떠난다고 해서 슬퍼하거나 흔들리지 말고 너희 자신을 믿고 살라'는 가르침이 들어 있기도 하다. 아무것도 한 게 없는 나한테 무엇을 배우고 의지한다는 말인가. 부처가 열반에 들 때도 이와 같았다. 부처는 자신의 죽음을 앞두고 '자신을 등불로 삼고, 법을 등불로 삼아라.(自燈明(자등명), 法燈明(법등명))'

는 말을 남겼다.

존경하는 대학 시절 은사님과 이런 대화를 나눈 적이 있다.

"선생님, 저는 아는 게 없어서 늘 막막해요. 그러니 선생님 오래 계시면서 저 가르쳐 주셔야 해요."

"무슨 소린가. 나는 아는 게 없네. 모르니까 평생 공부하잖아."

"어휴, 선생님 같은 분이 그런 말씀을 하시니 제가 너무 부끄러워요."

"아니야. 자네는 지금 잘하고 있어. 그렇게 하기만 하면 되는 거야."

그래도 선생님이 계시지 않으면 안 될 것 같다. 선생님의 부재는 상상조차 하고 싶지 않다. 아직 철들지 않아서 그런 것일까.

親

친구

꽃 피면
비바람 잦고

지금은 친구와 이별해도 다시 만날 가능성이 높지만, 교통이 불편하고 사람의 평균 수명이 짧았던 옛날에는 한 번의 헤어짐이 영원한 결별이 되는 경우가 많았다. 이래서 친구를 주제로 한 시에는 이별을 아쉬워하는 작품이 많다.

그대에게 금 술잔 권하니
가득 찬 술잔 사양하지 말게.
꽃 피면 비바람 잦고
인생엔 이별이 많은 법이니.

勸酒金屈巵 권주금굴치　滿酌不須辭 만작불수사
花發多風雨 화발다풍우　人生足離別 인생족이별

_唐당, 于武陵우무릉, 810-?, '권주勸酒, 술을 권하며',
『全唐詩전당시』 권 595

● 이제 헤어지면 언제 볼 줄 모르는 데 함께 술 한잔 하지 않을 수 없다. '금굴치(金屈卮)'는 '좋은 술잔'이라는 뜻이다. 좋은 술잔을 쓰니 그 안에 담긴 술도 좋은 술이겠다. 친구와 헤어지는 마당에 돈은 아껴서 무엇하겠나. 술이 넘치도록 잔 가득 따라 주었다. 그런데 이 친구는 '좋은 술인데 너무 많이 따랐다'며 손사래를 친다. '가득 찬 술잔(滿酌, 만작)'은 말 그대로 술이 가득 찼다는 뜻이기도 하면서 그만큼 이별의 아쉬움이 가득 차고 넘친다는 말이겠다. '가득 찬 술잔 사양하지 말게.(滿酌不須辭(만작불수사))'라고 한 말 속에는 당신을 향한 내 마음을 그대로 받아달라는 뜻이 담겨 있다.

보통 이런 이별 시는 자신은 그 자리에 있으면서 떠나는 친구에게 주는 경우가 많다. 두무릉은 이름 모를 이 친구한테 진심을 담은 말을 건넨다. '꽃 피면 비바람 잦고, 인생엔 이별이 많은 법이니.(花發多風雨(화발다풍우), 人生足離別(인생족이별))', 이 두 구는 후대의 시인들에게 널리 알려진 명구(名句)다. 특히 '화발다풍우(花發多風雨)'가 유명하다. '세상사엔 어려운 일이 많다'는 뜻으로 쓰인다. 앞으로 당신한테 어려운 일이 닥치더라도 참으며 잘 살아달라고 당부하는 것이다. 그러면서 '우리 삶에 이별은 다반사지' 하고는 애써 석별의 정을 감추려 든다. 술을 건네는 동작, 넌지시 던지는 말 속에 무척이나 깊은 정이 서려 있다.

고향에 가면 늘 그곳에 사는 친구가 술을 산다. 요즘엔 더치페이가 대세인데도 굳이 자기가 사겠다고 나선다. 생맥주 한 잔이면 넉넉한데, '지금 가면 또 언제 보느냐'고 하면서 병맥주를 주문한다. 비싸다고 하면서 미안한 기색을 보이면 섭섭해 한다. "내가 서울 갔을 때 한 잔 사면되잖아." 친구는 잔 가득 술을 따라 주고, 잔을 비우면 또 가득 채워준다.

"나는 나대로 잘살고 있으니, 너 좋은 글 써라. 너 힘든 만큼 사람들이 좋아할 거다."

"그래. 고맙소. 다음에 또 보면 되지."

친구는 '花發多風雨(화발다풍우)'라 했고 나는 '人生足離別(인생족이별)'이라 답했다.

고향 친구 양성철을 떠올리며

천하에 그대 모를 사람
누가 있겠나

맹자(孟子)는 '책선(責善)은 친구 사이의 도리'라고 했다. 책선은 '선한 행동을 하라고 권면'한다는 뜻이다. 이처럼 친구 사이에선 칭찬보다는 충고하거나 독려를 하는 것이 바람직하다고 한다. 그러나 내가 실의에 빠져 있거나 근심에 잠겨 있을 땐 격려를 아끼지 않는 사람 또한 친구여야 한다.

십 리에 누런 구름, 해는 저무는데
북풍은 기러기를 몰아가고 눈발은 어지럽다.
앞길에 알아주는 이 없을까 근심치 말게.
천하에 그대 모를 사람 누가 있겠나.

十里黃雲白日曛 십리황운백일훈　北風吹雁雪紛紛 북풍취안설분분

莫愁前路無知己 막수전로무지기　天下誰人不識君 천하수인불식군

_唐당, 高適고적, 707-765, '別董大별동대, 동대와 이별하며',

『만수당인절구萬首唐人絶句』 권 4

● 이 시를 쓴 고적(高適)은 문학사에서 '변새파(邊塞派) 시인'이라 부른다. '변새'는 변방이라는 뜻인데 중국 북쪽 국경의 사막 지역을 가리킨다. 고적은 변방에서 공을 세우기 위해 평생 세 번을 종군했다. 고적은 몰락한 가문에서 태어났으므로 중앙에서 벼슬하기가 어려웠기 때문이었다. 예나 지금이나 전방에 있는 군인들의 환경은 좋지 못하다. 고적은 변방에 있으면서 고단한 병사들의 삶, 백성들의 처참한 생활, 황량한 국경 지역의 풍경을 읊은 시를 다수 남겨 놓았다. 후대의 비평가들은 고적의 시에 '비장함'이 깃들어 있다고 했다.

「別董大(별동대)」에서는 '비장함'이 두드러지는 것 같지는 않다. 다만, '황운(黃雲)', '백일훈(白日曛)', '北風(북풍)' 등의 시어에서 변방 지역의 황량한 기운을 느낄 수 있다. '십 리에 누런 구름, 해는 저무는데(十里黃雲白日曛(십리황운백일훈))', 사막 지역이라 구름도 모래 빛으로 보인다. 혼탁한 구름이 햇빛을 어슴푸레하게 만든다. '북풍은 기러기를 몰아가고 눈발은 어지럽다(北風吹雁雪紛紛(북풍취안설분분))', 북쪽에 있으니 바람은 차고, 이 바람은 기

러기를 남쪽으로 밀어낸다. 눈발까지 어지러이 날리니 마음이 더욱 처량해진다. 이 두 구는 지금 이곳 풍경을 그린 것이기도 하고, 헤어지는 마음을 풍경에 빗대어 표현한 것이기도 하다.

동대(董大)는 당나라 때 거문고의 명수로서 뇌물을 받은 혐의로 떠돌고 있던 동정란(董庭蘭)이라는 사람이다.(대부분 동정란이라 하는 가운데 근래의 한학자 임창순 선생은 동정란이라고 확정하지 않았다.) 기가 꺾인 사람이라 할 수 있겠다. 고적 역시 자기 뜻을 펼치지 못해 변방을 떠돌았으므로 둘 다 비슷한 처지에 놓여 있었다. 이별을 앞두고 동대는 이제 혼자 떠돌게 되면 자신을 알아주는 사람이 없을 것 같다며 근심 어린 한숨을 쉬었을 것이다. 고적은 기개 있는 사람이라 함께 의기소침하지 않았다.

'앞길에 알아주는 이 없을까 근심치 말게, 천하에 그대 모를 사람 누가 있겠나.(莫愁前路無知己(막수전로무지기), 天下誰人不識君(천하수인불식군))', 지금 동대 당신은 떠돌이 생활을 하는 처지지만, 당신의 명성은 이미 세상 사람들이 다 알고 있다. 어디를 가더라도 당신을 알아줄 사람이 있을 것이니 염려하지 마시라. '天下誰人不識君(천하수인불식군)', 이 말만큼 친구에게 힘을 줄 수 있는 말이 또 어디 있을까. 이 두 구는 동대를 격려하는 말이면서 자신 역시 앞길에 고난이 와도 이겨내겠다는 다짐이기도 하다.

십여 년 전, 대학원 박사과정에 다닐 때였다. 전공수업도 따라

가기 바쁘면서 철학과의 불교학 수업에 욕심이 생겨 덜컥 수강신청을 했다. 겨우겨우 무슨 말인지 알아들으며 버텼다. 시간이 흘러 내 발표 순번이 다가오고 있었다. 따뜻한 봄날, 남들은 활짝 웃으며 다니건만 나는 혼자 벤치에 앉아서 한숨을 쉬고 있다. 형이 다가왔다.

"어째야 할지 모르겠어요."

"하하, 괜찮아. 그 친구들 너만큼 모를 거야. 자신 있게 해봐!"

별 내용이 없는 말인데도 형의 말 속엔 힘이 있었다. 거짓말처럼 걱정하는 마음이 잦아들었다. 이 시를 선택하던 날, 이 형의 이야기를 하리라 마음먹었다.

잠 깨서 보니
들보 위에 달은 밝은데

친한 친구가 생각나도 바쁘게 사느라 '한 번 봐야지' 하다가 '나중에 보지 뭐'하고 미뤄버리기 일쑤다. 친구를 그리워하는 마음이 깊지 않아서가 아니라 시간이 있으니 언제든 만날 수 있다고 생각하기 때문이다. 그런데 만날 수 있으려면 나뿐 아니라 친구 역시 살아 있어야 한다.

자네 세상 떠난 지 삼 년.
오늘 밤 꿈에 자네를 봤어.
"어디서 왔는가?" 물었더니
"자네 생각이 났어." 하더라고.
생각이 평소와 비슷했고
모습도 옛날처럼 분명했지.

잠 깨서 보니 들보 위에 달은 밝은데
눈물은 온 뺨을 적시네.

君逝三霜矣 군서삼상의　今宵夢見之 금소몽견지
問云從底處 문운종저처　答曰爲相思 답왈위상사
髣髴平生意 방불평생의　分明昔日姿 분명석일자
覺來樑月白 교래량월백　涕淚在鬚頤 체루재수이

_朝鮮조선 鄭蘊정온, 1569–1641, '八月夜夢見吳翼承팔월야몽견오익승, 8월 어느 날 밤 꿈에 오익승吳翼承을 보고', 『桐溪集동계집』 권 1

● 서자로서 왕이 되었던 광해군(光海君)에게 선조(宣祖)의 적통인 영창대군(永昌大君)과 그의 어머니인 인목대비(仁穆大妃)는 자신의 자리를 위협하는 존재들이었다. 결국, 광해군은 영창대군을 죽였고, 인목대비를 폐위시켰다. 이런 엄혹한 상황에서 임금인 광해군에게 정면으로 반기를 든 사람이 있었다. 동계(桐溪) 정온(鄭蘊)은 46세 되던 해(1614) 영창대군을 죽인 강화부사(江華府使) 정항(鄭沆)을 죽여야 한다고 했으며, 인목대비의 폐위를 주장한 사람들을 모조리 유배 보내야 한다는 내용의 상소문을 올렸다. 광해군의 이름만 빠졌을 뿐 광해군을 대놓고 비판한 것이나 다름없었다. 정온은 제주도로 유배되어 위리안치(圍籬安置, 가택연금)

를 당했다. 죽지 않은 게 다행이었다.

익승(翼承)은 오장(吳長, 1565-1617)이라는 사람의 자(字)다. 오장은 유배 간 정온을 변호하는 상소문을 올렸다. 왕한테 미움을 받은 사람을 변호한다는 건 보통의 각오로는 하기 어려운 일이었다. 목숨을 걸어야 했다. 광해군이 가만히 놔둘 리가 없었다. 오장 역시 유배를 보내버렸다. 나중에 정온은 살아남았지만, 오장은 유배지에서 목숨을 잃었다. 정온은 이 소식을 듣고 통곡했다.

"내가 그를 죽인 건 아니지만, 나 때문에 그 사람이 죽었구나!"

목숨을 걸고 자신을 변호했던 친구가 꿈에서 나타났다. '어디서 왔는가(問云從底處(문운종저처))' 하고 물으니 친구는 '자네 생각이 났다(答曰爲相思(답왈위상사))'고 답한다. 어디서 온 것이 무슨 상관이겠나. 서로 그리워하는 마음이 중요하지. 오장이 답하는 것으로 되어 있지만, 실은 이 그리움은 정온의 것이기도 하다.

깊은 꿈을 꿀 땐 이 상황이 꿈인 줄 모른다. 오장의 모습은 생시를 '방불(髣髴)'케 할 만큼 '분명(分明)'했다. 정온은 이 두 시어를 통해 꿈을 생시처럼 바꿔놓았다. '생각이 평소와 비슷했고, 모습도 옛날처럼 분명했다(髣髴平生意(방불평생의), 分明昔日姿(분명석일자))', 오장의 모습을 써 놓았지만, 이 안에는 꿈인 줄도 모르고 신 나게 이야기를 나누는 상황이 들어 있기도 하다.

'잠 깨서 보니 들보 위에 달은 밝다(覺來樑月白(교래량월백))', 갑자기 어울리지 않는 구가 등장한 것 같다. 이 구는 당나라 두보의 「몽이백(夢李白, 꿈에서 이백을 만나고)」에 '지는 달은 들보 위에 가득하니, 여전히 그 얼굴을 비춰주는 듯(낙월만옥량(落月滿屋梁), 유의조안색(猶疑照顔色))'에서 따온 것이다. 두보가 이 말을 쓴 이후 '대들보에 비치는 달'은 친구를 그리워하는 뜻을 지닌 말로 쓰이게 됐다. 정온은 독자들한테 자기 뜻을 더 와 닿게 전달하려는 의도로 이 구를 쓴 것이다.

하루하루 힘든 삶을 살아도 친구를 만나야겠다. 살아 있으니 만날 수 있다며 미루는 것이 아니라 살아 있을 때 미루지 말고 만나야 한다. 내가 먼저 떠나든 내가 뒤에 떠나든 그 이후에 그리워해 본들 무슨 소용이 있겠나. 내일은 어린 시절 친구들과 만나는 날이다.

처절한 피리 소리
차마 듣기 어려워라

가끔 이런 생각을 한다. '오래 사는 것이 과연 좋기만 한 일일까?' 거름 밭에 굴러도 이승이 좋다는 옛말도 있지만, 오래 산 사람만이 느낄 수 있는 회한과 고독은 어떻게 할 것인가. 세상을 다 살아보지도 않고 이런 생각을 하는 게 참 우습기도 하지만, 이런저런 생각을 하면서 사는 게 또 사람이 아닐까 한다.

평소의 사귀던 친구들 모두 세상을 떠나
백발 된 이 몸, 형체와 그림자만 마주 보네.
그야말로 달 밝은 밤, 높은 누각에 앉았는데
처절한 피리 소리 차마 듣기 어려워라.

平生交舊盡凋零 평생교구진조령　白髮相看影與形 백발상간영여형

正是高樓明月夜 정시고루명월야　笛聲凄斷不堪聽 적성처단불감청

_朝鮮조선, 李荇이행, 1478-1534, '八月十八夜팔월십팔야, 8월 18일 밤',
『容齋集용재집』 권 7

● 한시 비평에 탁월했던 허균(許筠, 1569-1618)은 그의 저작 「성수시화(惺叟詩話)」에서 이 작품을 이렇게 평가했다.

"내가 평소에 즐겨 읊던 절구 한 수다. (…) 감개가 무량하여 이를 읽노라면 가슴이 메어진다."

「팔월십팔야」는 이행이 43세 되던 해에 쓴 시다. 어떤 친구를 염두에 두고 썼는지 확정하긴 어려우나 시에 비장한 기운이 감도는 걸로 봐선, 시를 쓰면서 절친한 친구였던 읍취헌(挹翠軒) 박은(朴誾, 1479-1504)을 떠올리지 않았을까 짐작한다. 박은은 연산군(燕山君) 대에 벌어진 갑자사화(甲子士禍)에 연루되어 26세의 젊은 나이에 사형을 당했다. 박은 이외에도 권민수(權敏手), 정희량(鄭希良) 등의 친구들이 연산군에게 죽임을 당했다. 이행 역시 이때 박은과 연결된 사람으로 지목당해 고문을 당한 뒤 노비신분으로 떨어졌다.

친구는 사형당하고 자신은 유배지에서 양을 치며 온갖 고초를 겪었다. 이 시를 쓸 때 이행은 왕자나 왕손(王孫)의 태(胎)를 묻을

장소를 찾기 위해 파견하는 임시 관원인 증고사(證考使)가 되어 영호남을 순회하고 있었다. 자신은 복권되어 살아남았지만, 친구들은 모두 비명에 횡사했으니 비감이 일어나지 않을 수 없다.

'백발 된 이 몸, 형체와 그림자만 마주 보네.(白髮相看影與形(백발상간영여형))', 홀로 남은 자의 고독감이 짙게 배어 있는 구절이다. '그야말로 달 밝은 밤, 높은 누각에 앉았는데(正是高樓明月夜(정시고루명월야))', '밝은 달(明月, 명월)'과 '높은 누각(高樓, 고루)'은 혼자 남은 이행의 처지와 심정을 더욱 두드러지게 하는 시어다. 이행 혼자 오롯이 이 외로움을 받아들이며 살아야 한다. 이 외로움은 끝내 '처절함(凄斷, 처단)'으로 옮아간다. 달 밝은 밤에 들리는 피리 소리는 그야말로 '운치 있어야' 하는 것인데 제 명에 못 살고 죽은 친구들을 떠올려보니 슬프기 짝이 없다.

아직 젊은 나이라 살아 있는 친구들이 많다. 그러나 그동안 어떤 친구는 불의의 사고로 죽기도 했고, 갑작스레 병에 걸려 죽기도 했다. 스스로 생을 마감한 친구도 있다. 그 소식을 들을 때마다 가슴이 내려앉았지만, 사람은 간사한 동물이라 친분이 두텁지 않으면 이내 잊어버리곤 했다. 그래도 가끔 생각하면 슬픈 마음이 일어나는데 하물며 절친한 친구에 있어서야 말해 무엇하겠나. 허균이 왜 '감개가 무량하여 이를 읽노라면 가슴이 메어진다'고 했는지 얼핏 이해가 간다.

외로운 돛배 먼 그림자는 푸른 하늘로 사라지고

몇 년 전 일이다. 형이면서 친구처럼 지내는 사람이 있다. 우연히 몇 년을 같은 곳에 있게 되었다. 어느 날 둘이서 저녁을 먹으러 갔다. 같이 있게 된 이후 처음 갖는 식사자리였다. 그날 비가 왔다. 그 형은 누군가한테 선물 받은 우산을 들고 왔는데 식당에서 그 우산을 잃어버렸다. 내 탓은 아니었지만, 하필 처음으로 즐겁게 간 자리에서 이런 일이 벌어지다니……. 그 형이 나중에 새로 장만하더라도 우산을 선물해야겠다고 마음먹었다.

친구는 서쪽으로 황학루와 이별하고
안갯속 꽃핀 삼월, 양주로 내려가네.
외로운 돛배 먼 그림자는 푸른 하늘로 사라지고
하늘 끝으로 흐르는 장강만 보일 뿐.

故人西辭黃鶴樓 고인서사황학루 烟花三月下揚州 연화삼월하양주

孤帆遠影碧空盡 고범원영벽공진 惟見長江天際流 유견장강천제류

_唐당 李白이백, 701-762, '送孟浩然之廣陵송맹호연지광릉, 광릉으로 가는 맹호연을 보내며', 『唐人萬首絕句選당인만수절구선』 권 3

● 이백의 이 작품은 후대의 시인들에게 널리 애송되었다. 얼핏 봐선 친구와의 이별을 슬퍼하기보다는 경치 묘사를 잘한 것처럼 보인다. 실제로 그렇다. 황학루 꼭대기에는 '초천극목(楚天極目)'이라고 적혀 있는 현판이 있다. '초나라의 하늘이 눈에 가득 들어온다'는 뜻이다. 시야가 탁 트이는 느낌이 든다. 맹호연은 서쪽에 보이는 황학루를 뒤로하고 동쪽으로 떠난다. 때는 늦봄이라 물안개에 꽃이 피어 있는 풍경 속으로 강의 흐름을 타고 유유히 내려간다.

실은 이 안에 이별의 슬픔이 들어 있다. 경치가 좋으면 좋을수록 친구를 떠나보내는 마음이 더욱 깊어진다. 이래서 후대의 비평가들은 이 두 구를 '경중함정(景中含情)'이라 평했다. '풍경 속에 마음이 녹아 있다'는 뜻이다. 이제 이백은 혼자 남게 되었다.

'외로운 돛배 먼 그림자는 푸른 하늘로 사라지고, 하늘 끝으로 흐르는 장강만 보일 뿐(孤帆遠影碧空盡(고범원영벽공진), 惟見長江天際流(유견장강천제류))', 실은 이 구보다 앞의 두 구가 더 높은 평가를 받는다. 이별의 정이 이 구절보다 더 함축되어 있다고 보기

때문이다. 그러나 나는 이 구가 더 와 닿는다. 우선 보는 순간 한 폭의 그림이 떠오른다. 나지막한 한숨을 뱉는다.

알고 보면 이 경치 안에도 이별의 아쉬움이 짙게 배어 있다. 강빛과 하늘색은 분명히 구분되지만, 아득히 먼 곳을 보면 어디가 하늘이고 어디가 물인지 확실치 않다. 이처럼 이백은 맹호연이 탄 배가 수평선 너머로 사라질 때까지 계속 바라보았다. 그만큼 석별의 정이 깊다는 것이다. 배가 사라졌음에도 이백은 차마 그곳을 떠나지 못한다. 끝 모르고 흘러가는 강을 보고 있을 뿐이다.

그 형과 잠시 이별하게 됐다. 비행기를 타고 외국으로 떠난단다. 일 년 뒤에 있다가 돌아오는 줄 알면서도 아쉬워서 어쩔 줄을 몰랐다. 가족처럼 매일 같이 있진 못했지만, 그에 못지않게 함께 보낸 시간이 많았기에 이 일 년을 어떻게 기다려야 하나 생각했다. 형한테는 나 말고도 아는 친구가 많았다. 무덤덤하게 있으면서 작별인사는 따로 하지 않았다. 형 떠나기 며칠 전 우산을 하나 사뒀다.

"이게 뭐냐? 웬 우산이야?"

"옛날에 나랑 첨 밥 먹던 날 우산 잃어버렸잖아."

"하하, 그걸 아직도 기억하고 있었냐?"

"언젠가 우산 하나 선물해야겠다고 생각했는데 그게 하필 오늘이네."

형이 떠나고 며칠 동안은 같이 있던 곳이 텅 빈 것 같았다.

배고프면 밥 먹고
피곤하면 잠잡니다

오랜 친구는 무언가를 일일이 설명하지 않고 한두 마디 짧은 말을 통해 여러 가지 뜻을 설명하고 이해할 수 있는 사이다. 서로 잘 알고 있으니 긴말이 필요 없는 것이다. 그 바탕엔 상대를 존중하고 신뢰하는 마음이 있다.

스님과 작별하고 또 한 해 지났는데
산에서 안선(安禪)하고 계신다니 무척 기쁩니다.
좁고 외진 촌에 사는 이 사람 너무 게을러
배고프면 밥 먹고 피곤하면 잠잡니다.

奉別尊顏又一年 봉별존안우일년　喜聞山裏其安禪 희문산리기안선
三家村漢疎慵甚 삼가촌한소용심　飢卽可飡困卽眠 기즉가손곤즉면

_高麗고려 景閑경한, 1299–1374, '寄懶翁和尙入金剛山기나옹화상입금강산, 금강산으로 들어간 나옹화상에게', 『韓國佛敎全書한국불교전서』 권 6

● 이 시는 백운 경한(白雲 景閑)이 나옹 혜근(懶翁 惠勤, 1320-1376)에게 보낸 안부편지의 성격을 지니고 있다. 이 둘에 태고 보우(太古 普愚, 1301-1382)를 더해 '여말삼사(麗末三師)'라고 부른다. 고려 후기를 대표하는 세 명의 승려라는 뜻이다. 모두 선승(禪僧)들이다. 백운 경한은 『직지심체요절(直指心體要節)』을 엮은 승려다. 나옹 혜근은 공민왕의 왕사(王師)로 보제존자(普濟尊者)라는 호를 받은 고승이다.

스무 살 이상이나 아래인 혜근에게 '존안(尊顔)'이라는 존칭을 쓰고 있다. 망년지교(忘年之交, 나이를 잊고 사귐)라는 말이 고사성어가 되어 버린 요즘의 시각으로 보면 저 말 하나만 봐도 무척 신기해 보인다. 겸양의 표현이라지만, 어린 사람을 높이는 태도만 봐도 이 사람의 인품이 어떠했을지 짐작이 간다.

혜근이 산에 들어가 열심히 선(禪) 수행을 하고 있다는 소식을 들으니 같은 승려로서 무척 기쁘다는 내용이다. 그러면서 경한 자신은 게을러서 수행은 하지 않고, '배고프면 밥 먹고 피곤하면 잠잔다.(飢卽可飡困卽眠(기즉가손곤즉면))'고 한다. 상대를 높이고 자신을 낮추는 말이다.

그러나 조금만 자세히 읽어보면 반드시 그렇지 않다는 걸 알게 된다. 선종에서는 '행주좌와어묵동정(行住坐臥語默動靜)'이 모두 선 수행이라고 말한다. '가거나 머물거나, 앉으나 누우나, 말하거나 침묵하거나, 움직이거나 고요하거나', 일상에서 이루어지는 모든 행동에 선의 요체가 깃들어 있다는 뜻이다. 이렇게 보면 경한이 게으름을 피우며 밥을 먹고 잠을 자는 행위가 바로 선 수행이라는 점을 알 수 있다. 결국, 경한은 '당신은 산속에서 수행하는 것처럼 나 역시 이곳에서 수행하고 있소' 하고 말한 것이다. 평범한 안부 인사이므로 조용히 웃다가, 가만히 보고 있으면 알듯 모를 듯 묘한 긴장감도 느껴진다. 이 시를 받은 혜근은 무슨 생각이 들었을까.

친할수록 주고받는 말이 적고, 소원할수록 이야기가 길어진다. 사람과 관계를 맺고 살면서 말을 하지 않고 살 수는 없다. 이심전심(以心傳心)이 반드시 부부 사이에만 통용되는 말은 아닐 것이다. 불필요한 말을 하지 않아도 되는 세상에 살고 싶다.